長編ハード・アクション第12弾

餓狼伝 XII

夢枕 獏

FN
FUTABA NOVELS

餓狼伝XII——目次

本文イラスト／柳澤達朗

序章

1

男は、静かに文七の前に立っていた。

年齢は、五〇歳くらいであろうか。

出ていても、ひとつかふたつ。

短い髪をしていた。

眼は、思いの他、大きい。

中肉、中背。

身長は、一七五センチくらいだろう。

体重は、八〇キロを割っているであろう。

ズボン。

シャツ。

そして、ハーフコートともジャンパーともつかない、くたびれた上着を着ていた。

普通の親父——

大阪で、若い十代の男にからまれておろおろしていたあの親父とどこが違うのか。

丹波文七はそう思った。

肉は、ひきしまってはいない。

ゆるんでいる。

年齢のわりには、まだましな肉体といえるが、格闘家として見た場合は、無駄な脂肪がつきすぎているかもしれない。

普通の親父と違うのは、こういう状況で文七と向かいあって、妙に落ちついているということだ。

呼吸も乱れていない。

静かに立ち、静かに文七を見つめている。

姫川源三《ひめかわげんぞう》と、男は名のった。

言われた瞬間に、文七の脳裏に浮かんだのは、姫川勉《つとむ》の顔であった。

あの姫川勉と同じ姓であった。

まさか!?

文七の脳裏に、身震いするような予感が疾《はし》り抜ける。

「姫川と言ったな」

　文七は、掠《かす》れた、底にこもった声で問うた。

「言ったよ」

　姫川源三と名のった男が答えた。

「姫川勉を知っているか」

「知らんね」

　あっさりと、男——姫川源三は言った。

　あの姫川と、似ているか、似ていないか——それを文七は眼でさぐろうとした。

　眼のあたりや口元が、姫川勉と似ているかもしれないが、それは、見る方に似ているものを捜そうという意識があるからかもしれない。

　もしも、名前も訊かずに姫屋に入ったとして、姫川勉に似たものを、この親父の顔から発見したろうか。

　わからない。

　しかし、この親父が、あの、剣を握った土方元《ひじかたげん》を倒したというのは疑いようがない。

「用件は？」

　姫川源三は言った。

　問われて、文七は言葉につまった。

　用件は？

　何のために、自分はここまでやってきたのか。

　あの土方を素手で倒してのけた男がいる。

　それを知ったからだ。

　その時、
　かっ、
　と身体が熱くなった。

　持つ人間が、武術の素養のない男だとしても、抜き身の日本刀を持っただけで、素手のどのような武術家よりも有利になる。腹さえすわっていれば、日本刀を握った人間は圧倒的な優位に立つことになる。日本刀とはそれだけの武器なのである。

日本刀で切りつけられたら——

あるいは、突いてこられたら——

これにはどのような受けも存在しない。

素手の対戦者は、ただ、その刃に触れぬようにかわすことしかないのである。

それをやってのけた男がいた。

しかも、土方元を相手に——

それだけで、文七は身体を熱くした。

逃げてしまう。

その話をした時、本能的にそう思った。

その男が逃げてしまう。

仮にも、その筋の人間の骨を折ってのけ、組長の女を隠したのだ。そこにどのような理由があるかはわからないが、いつまでも店にいられるわけもない。

自分であれば、逃げる。

それも、逃げるなら今夜だ。

そう考えた途端に、身体が動いていたのである。

今、ここでこの男を逃がしたら、もう、二度と会う機会《チャンス》はないかもしれない。

「恨みはない……」

文七は、切羽《せっぱ》つまったような、乾いた声で言った。

「頼まれたわけでもない」

ゆっくりと、皮のジャンパーを脱いでゆく。

そうだ。

誰に頼まれたわけでもない。

金のためでもない。

この姫川源三という男が、何を使うのか。

柔術か。

空手か。

こちらの知らない古武術か。

とにかく、この男の身につけた術理が、あの土方を倒したのだ。

ならば——

この男の術理をもってすれば、あの姫川勉に勝てるのではないか。

少なくとも、小便を洩らさずに、あの姫川の前に立てるのではないか。

土方元の白刃《はくじん》の前に立つのも、姫川の前に立つのも、その意味では同じだ。

どのような術理をこの男が持っているのかをさぐるには、自ら闘うしかない。

Tシャツになった。

寒さは感じなかった。

ジャンパーを、足元に脱ぎ捨てた。

「おれと立ち合え」

「立ち合えだと？」

「そうだ」

「何故だ」

「おまえの何が、あの土方を倒したのか、それを知りたい」

「おまえは、あの土方の何なんだ」

「ただの知り合いだよ」

文七は前に出た。

姫川源三は退がらなかった。

「あの男の仇《かたき》でも討とうというのか」

「そんなに上等な考えは、持ち合わせちゃいないよ」

「ばかな」

「そうさ……」

文七は、ぼそりとつぶやいた。

「おれは、ただの馬鹿なんだよ」

唇の端を吊りあげた。

獰猛《どうもう》な笑みが浮いていた。

文七が、前に出てゆく。

「やればいいのか」

低い声で、源三が言った。

「ああ」

「わかった」

あっさりと源三はうなずき、自らも上着を脱ぎ始めた。

女の胸へぶつけるように上着を渡し、

「始めよう」

静かにそこに立った。

軽く、腹が出ている。

脂肪の重さが重力に負けて、心もちベルトラインから下に落ちぎみになっている。

強そうには見えない。

しかし、文七を前にして、この落ち着きようはただごとではない。

構えているような、いないような。

打撃を主体にしようというのか、組み技を主体にしようというのか、その構えからはどういう判断もできない。

浅く腰を落とし、両手を前に出している。

拳ではなく、掌《しょう》だ。

「どうした？」

源三は言った。

「来ないのか」

文七は、とまどっている。

こちらから仕掛けた闘いであった。

だが、どうすればいいのか。

もしも、むこうがいきなりどこかに隠し持っている刃物でも使ってきたら——

素手——

これは、文七の一方的な論理だ。

むこうが文七につきあう必要はない。

素手とみせて、いきなり刃物を出してきても、こちらに文句を言う筋合のものではないのだ。

むこうは、ヤクザに追われて、逃げようとしている最中なのである。

もし銃を持っているなら、それで文七を脅して逃げたっていいのだ。いきなり、文七の脚に弾丸を撃ち込んで、そのあとゆっくり逃げたっていい。

余計なことを思うな。

腹をくくれ。

自分に言いきかせる。

つ、

つ、

つ、

と、文七が前に出てゆく。

普通、こういう時の戦法は、まず、蹴りだ。

ロー・キック。

それに合わせて、もしタックルに来るのならそれでいい。タックルを受けて、そのまま仰向けになって、膝で距離をとればいい。

しかし、自分が出すロー・キックはフェイントだ。

ロー・キックと見せて、顔面に拳を打ち込んでゆく。

フットワークで、間合の前後を出たり入ったりする。

文七は、それでタイミングを計ろうとした。

しかし、計れない。

源三は、文七の半分も動いてはいない。

浅く腰を落とし、左足を前に、右足を後方に。

左手が肩の高さで前に出て、その左手に添えるように、右手を——

左右の側頭部が空《あ》いている。

こういう構えで打撃の勝負になったらどうする気なのか。

左足も、ロー・キックのいい標的だ。

フェイントをやめて、そこにおもいきりローを叩き込みたくなる。

もし、土方とのことを耳にしていなければ、ためらわずにそうしていたろう。

もし、この男が本当に土方を倒したのなら、左足も、側頭部の空きも、誘いということになるのか。

この男、本当に強いのか!?

タイミングを計りながら、文七はそう思う。

だが、踏み込めない。

さっきから、攻めるタイミングを計ろうとしているのだが、それが計りきれないのである。

微妙にタイミングが合わないのだ。

0《ゼロ》コンマ何秒か、タイミングがずれるのである。

リズムの違いか、呼吸の違いか。

つ、
と足でリズムをとって、ローのフェイントをかけて、右拳を——

しかし、そのポジションがとれない。

この男が、わざと間合をはずしているのか!?

得体の知れないものがある。


覚悟を決める。

左右の足に、交互に体重を乗せながら、リズムをとる。

右足。

左足。

そして、次にまた右足に体重を乗せ……

〝今だ〟

文七の身体が準備した時——

「やめよう」

姫川源三が言った。

姫川源三は、あっさりと、全ての構えを解いて動きを止めた。

「丹波くん。きみがやろうと言ったのだ。来ないのなら、行かせてくれ」

はずされた——

文七はそう思った。

もしも、今、言葉を掛けてくるタイミングが、0《ゼロ》

コンマ一秒でも遅れていたら、間違いなく自分は攻撃をかけていたろう。

そのタイミングをはずされたのだ。

何という男か。

文七は、答えなかった。

構えもそのままだ。

前に出てゆく。

「待て、丹波」

男が、後方に退がりながら言う。

かまうものか。

退がる男を追って、右のローを出す。

フェイントはやめた。

本気の蹴りだった。

姫川源三は、退がりながら、形通り左足を上げて文七のローを受けた。

型になっている。

ローに合わせた右のパンチが飛んできた。

それをかわす。

かわして、踏み込み、右のフックを姫川源三の顔面に叩き込む。

当った。

拳に手応えがあった。

男の左頬だ。

拳の勢いで、姫川源三の顔が、右横を向く。

がくん。

と、姫川源三の膝が折れた。

そのまま、地面に両膝をつき、棒のように男はぶっ倒れた。

「姫川さん」

女が駆け寄ってくる。

俯《うつぶ》せに倒れている源三を、しゃがんで抱き起こす。

源三は、動かない。

源三は、文七の拳で意識を外にはじき出されていたのである。

信じられなかった。

姫川源三が、こんなにあっさりとやられてしまうのか。

しかし、拳には、人の肉体を打った時の、確かな感触が残っている。

女の腕の中で、姫川源三が眼を開き、頭を起こした。

文七の拳が当った場所に左手をあてて、起きあがった。

「強いなあ、丹波——」

姫川源三は、そう言った。

「おれの負けだ」

あっさりと、源三は敗北を認めた。

文七を見やり、

「これで気が済んだか」

源三は、微笑した。

2

一面の砂浜であった。

広い。

白い砂の上に、たっぷりと陽光が注いでいる。

その砂の上を、男たちの集団が走っている。

全部で百人はいるであろうか。

いずれも、空手衣を着ていた。

帯の色は、白、黄、緑、茶、そして黒帯と、五種類である。

素足であった。

男たちの素足が砂を踏んでゆく。

走りながら、男たちは、声をあげている。

走るリズムと、その掛け声が合っている。

男たちの左側に、千葉の、九十九里の海がある。

走っている男たちの足元近くまで波が寄せ、退い

てゆく。

口から吐く息が白い。

男たちが着ている道衣の襟に、〝北辰館〟の文字が見える。

年齢は、様々であった。

四〇代らしき人間もいれば、三〇代、二〇代、一〇代の顔つきをした人間もいる。

二〇代が、一番多く、全体の半数近くにはなるだろうか。

寒稽古。

毎年、一月に行われる、新年会をかねた冬の合宿である。

この合宿はいつも、この九十九里浜で行われるのが恒例であった。

強制されての合宿ではない。

希望者が会費を払って参加をする。

合宿といっても、特定の大会のための稽古をするわけではない。

ビジネスマンクラスを含めた、北辰館本部道場の親睦会といったニュアンスもある合宿であった。

各支部は各支部で、同様の合宿をやっている。

全日本のベスト8《エイト》に残るような人間は、この合宿には参加をしていない。

実力のある黒帯の選手が、指導のために何人か参加しているだけだ。

この合宿の責任者は、二十八歳の高柳という男で、今は先頭を走っている。

高柳は、足を止め、後方を振り返った。

百人の男たちが、次々に足を止め高柳の前に並んでゆく。

「はい、深呼吸して――」

高柳が言った。

「呼吸が整ったら、整列」

あらかじめ、並ぶ順番を決めてあったのか、帯別に、男たちはきちんと整列した。

「基本稽古、はじめ！」

高柳の言葉に、男たちは、左右の拳を構えて、

「せいっ」

「せいっ」

「せいっ」

眼の前の空間を、左右の拳で突きはじめた。

高柳を始めとする黒帯連中の何人かが、突きの稽古をしている道場生たちの間を回わりながら、突きの姿勢の悪い者たちの腕の位置や、腰の位置をなおしてやっている。

彼らの練習する風景を、十メートルほど離れた場所から眺めている男がいた。

ジーンズに、スニーカーを履《は》き、セーターを着て、その上に半コートを着ている。

肌の色が黒い。

日本人ではなさそうだった。

二〇代の後半くらいであろうか。

コートのポケットに両手を突っ込んで、少し高くなった砂の上に立っている。

太い——というほどではないが、首の筋肉も、頬の肉も締まっている。

眼つきが鋭い。

練習を眺めているその男の唇に、時おり、笑みが浮かぶ。

三〇分近く過ぎたかと思える頃、

「高柳先輩——」

黒帯を締めた男のひとりが、高柳に声をかけてきた。

内田という男だった。

寮生で、二段。

まだ、全日本大会に出場したことはないが、全日本出場レベルの実力は充分にある。

関東地区のレベルが高いため、惜しいところで出

場権を逃している。

二十一歳。

「何だ？」

高柳が訊いた。

「あの男、さっきからこっちを見ていますが――」

「ああ、わかっている」

「うちの関係者ですか」

「いや、おれの知らない顔だ」

「あいつ、時々、こっちを見ながら笑ってるんですが……」

「そのようだな」

「気に入りません」

内田は、はっきりそう言って、

「ちょっと、行ってきていいですか」

高柳に問うてきた。

「行く？」

「何か、用があるのかと、訊いてきます。用もなく、関係者でもなければ、人が真面目に練習しているのを、笑いながら見ないでくれと頼んできます」

「手を出すんじゃないぞ」

「わかってます」

「脅すような口調もだめだ。丁寧《ていねい》な言い方をするんだぞ」

「はい」

内田はうなずいた。

「行ってきます」

歩き出した。

その背を数秒見やってから、

「おれも行く」

高柳が内田の後を追った。

ふたりが近づいて行っても、男は、そこを動かなかった。

近づいてくるふたりを、眼で追っている。

高柳と内田が、眼の前に立ち止まると、

「ハイ？」

男は、右手をポケットから出して、それを持ちあげて挨拶《あいさつ》をしてきた。

「ファット　ドゥ　ユウ　ウォント？（何か用ですか）」

高柳が英語で問うと、

「だいじょうぶです。わたし、日本語、わかります」

多少の訛《なまり》はあるが、かなり正確な日本語で男は言った。

「何か、用事でも？」

今度は、内田が訊いた。

「ええ。マツオ・ショーザン先生がこちらにいると、宿で聞いてきました」

「館長に？」

高柳が言った。

宿、とこの男が言ったのは、道場生たち百人が泊まっている二軒の民宿のうちのどちらかだろう。

「マツオ先生に、会いたくてやってきました。先生は、いらっしゃいますか」

「先生は今、用事があって出ている」

「いつ、もどりますか」

「昼飯までにはもどるはずだ」

「では、ここで待たせていただいていいですか」

「ここで？」

「わたし、日本の空手と、そのトレーニングのしかたに、興味があります」

「興味があるのはいいが、さっき笑っていませんでしたか」

内田が言った。

「笑う？」

「笑っていたよ。悪いが、練習を笑いながら見られると気が散るんでね。笑わずに見てもらえないか」

高柳が言った。

「失礼。気に入らなかったのなら、謝《あやま》ります」

「しかし、何がおかしかったんだ？」

「わたしが笑った理由のことですね」

「ああ、そうだ」

「言ってもいいんでしょうか」

「かまわないよ」

「練習の方法がよく理解できませんでした」

「練習の方法？」

「何故、みんな一緒に、同じことをするんですか――」

「一緒に？」

はじめ、高柳は、この男の言っていることがよくわからなかった。

「一緒でいけないのか」

「いけなくはありませんが、無駄のような気がします」

「何が無駄なんだ」

内田が言った。

内田の丁寧な口調が、ここで変わった。

「見れば、実力だいぶ違うひとたちがいますが、何故、みんな、それぞれ自分に合った練習をしないんですか――」

「――」

「少なくとも、緑帯より上のクラスの人たちは、違うメニューのトレーニングをする方が、ずっと効率よく強くなることができます」

「みんなで一緒にやるところがいいんだ」

「どういうところがいいんですか」

「仲間意識が生まれて、団結心が強くなる」

「それには、幾つかおかしいことがあります――」

「何だ」

「まず、それぞれが、自分に合った練習をすることによっても、仲間意識も団結心も生まれます。もうひとつ言っておけば、仲間意識を強くするために、トレーニングがあるのではないということです。仲間意識があるということは、よいことだと思いますが、それは、強くなるための、効率のよいトレーニングの結果としてあるべきであり、それをトレーニングの目的とするということは、おかしいと思います」

言われて、高柳も内田も、一瞬言葉につまった。

「ひとつ、訊いてもいいですか」

男が言った。

「何だ？」

高柳が答えた。

「空手は、日本ではスポーツなのですか、武道なのですか」

「武道だ」

内田が、声を強くして言った。

「武道ならば、何故、もっと違う練習をしないのですか」

「違う練習？」

「相手が、拳で突いてきたり、蹴ってきたりすることだけを考えて練習しているのなら、それはスポーツではありませんか」

「——」

「スポーツには、ルールがあります。相手が、タックルにきたり、寝技にこないということがはっきりわかっているルールで空手をやるのなら、それは、スポーツだということです」

「——」

「空手のコンセプトが、打撃だというのはかまわないのです。ならば、その打撃で、組んでこようとする人間や、タックルに来る人間を倒すためのシステムを、空手は持つべきなのです。しかし、見たところ、そういう体系が、あなたたちの空手にあるようには思えません」

言葉もなかった。

「それは、違うな」

言ったのは高柳であった。

「違う？」

「あんたが言った通りのことが武道だとするなら、それは、武道とはシステムだということになってしまう」

「ええ、そうですよ」

「武道というのは、それだけじゃない」

「他に、何がありますか」

「心だ」

「心？」

「心でわからなければ、覚悟でもいい」

「カクゴ？」

「何かを守るために、生命をかけることができるかどうかだ」

「何かとは、家族のことですか。自分の生命のことですか」

「それもある」

「他には？」

「誇りだ」

「誇り——プライドですか」

「ああ」

「そういうことは、武道をやっている人にもやっていない人にも、あります。そのカクゴを、ことさら武道と結びつけなくともいいのではありませんか」

男はそう言った。

「あんたは、何かやっているのか」

高柳は、質問の矛先《ほこさき》を変えた。

「わたしですか」

「ああ、何をやっている」

「ルタ・リブレを」

「ルタ・リブレ？」

「ブラジルの格闘技です」

「柔術か？」

「いいえ、柔術と、ルタ・リブレは違います」

「どう違う」

「バーリ・トゥードは知っていますか」

「ああ、知っているよ」

バーリ・トゥードは、何でもありという意味のポルトガル語で、格闘技用語として使用された場合は、突き、蹴り、投げ、締め、あらゆる技の使用が可能な格闘技ルールのことである。

「柔術家は、バーリ・トゥードにおいても、柔術の技で勝とうとします。しかし、ルタ・リブレの選手は、相手に勝つのに、キック・ボクシングや、空手の技、ボクシングの技、柔術の技、あらゆる攻撃方法を使って、相手に勝つのです」

「――――」

「ルタ・リブレは、日本語では、自由な闘い、英語で言えば、フリー・ファイトになります」

男は言った。

ブラジリアン柔術の名前も、ホセ・ラモス・ガルシーアの名前も知っているが、高柳も内田も、ルタ・リブレというスタイルの名前は初耳であった。

「それで笑ったのか」

低い声で、内田が言った。

「それでとは？」

「勝てると思ったんだろう」

「――――」

「あんなことをやっている。あれならば勝てる。おれたちの練習を見ていて、そう思ったんだろう」

男は、答えるかわりに、その唇に笑みを浮かべて白い歯を見せた。

その笑みに向かって、さらに何か言いかけようとした内田を高柳が制した。

「あんた、館長の知り合いなのか」

高柳は言った。

「いいえ。知り合いではありません」

「館長に、どういう用事があるんだ」

「少しだけ、ちょっと訊きたいことがあってやってきました」

「何をだ？」

「言えません。館長のショーザン先生に言います」

さらに、問おうとする高柳を、今度は内田が制した。

「いいスよ、先輩。館長の知り合いじゃないんなら、ちょうどいいじゃないスか」

内田が、普段の口調になった。

声が少し小さくなる。

眼がすわっていた。

キレた。

こういう時の内田が、怖い存在であることを高柳は知っている。

「やってみようか」

内田は言った。

「やる？」

男が訊いた。

「あんたが、本当に勝てるかどうか試してみようじゃないか」

「誰とですか」

「おれとさ」

内田は言った。

「やめろ、内田！」

高柳が声をかける。

しかし、内田の耳にはもう高柳の声は届いていない。

「先輩、喧嘩じゃないス。試合っスから」

「試合というからには、ルールがあるということですね」

男が言った。

「バーリ・トゥードでいいんだろう」

内田は、自信ありげに言った。

この男は、誤解をしている——と内田は思っている。

この男は、北辰館が打撃だけだと思い込んでいる。

そうじゃない。

昨年の幾つかの試合以来、多くの人間が、個別に寝技を学んでいる。それが、柔道であったり、サンボであったり、アマチュアレスリングであったりするという差はあるが、打撃の人間が組み技を学びはじめているのである。

北辰館ルールそのものが、投げ技や関節技を取り入れる方向に動いているのである。それに対応すべく、すでに個々のレベルでは動いているのである。

この砂浜でやっているのは、学生やビジネスマンクラスを対象とした練習である。

普段、日常的に自分たちが今やっているのは、こんな練習ではないのだ。

それを、この男は考え違いをしている。

そのことを、この男に教えてやる一番いい方法は、試合をすることだ。

バーリ・トゥードというルールについても、今は自分なりに理解をしている。

あれをやってはいけない、これもやってはいけないというのなら、たいへんだが、ほとんどの技を使用できるというのなら、ルールなど気にしなくていいのである。

眼突き、噛みつき、このふたつが無しで、他の全てがOKなら、何を気にすることがあろうか。

バーリ・トゥードでこそないが、すでにそういうルールでの試合を、北辰館は自流派の大会で体験しているのである。

空手家の素手の拳がどれほど危険なものか、この男は知らないらしい。

それを教えてやる。

「バーリ・トゥードならＯＫです」

　男は言った。

「でも、不安があります」

「不安？」

「もし、わたしが勝ったら、わたしはどうなりますか」

「――――」

「次から次へと闘う者が出てきて、全員と闘うことになったり、同時に何人もの人間がかかってくるのではたまりません」

「――――」

「まだあります。ここには、砂や石がたくさん落ちています。もし、危なくなった方がそれを使った場合、どうなりますか」

「どう？」

「砂を眼にかけたり、石を握って相手を叩いたり。もしも、わたしがそれをやれば、わたしはここにいる全員を相手にすることになります。もしあなたがそれをやっても、あなたをとがめだてする人は出てこないでしょう。これでは、わたしが不利です」

　もっともなことを言った。

「だいじょうぶだ。おれは、石を持ったり砂を使ったりしない。もしおれが負けても、誰にも手を出させない。それでどうだ」

「あなたの言葉には、どういう保証もありません」

　男は、首を小さく左右に振った。

「わたしから、提案があります」

「どういう提案だ？」

「わたしとあなたとふたりきりで、一〇〇メートル向こうで、バーリ・トゥードをやります。立ち合い人はいりません。勝負がついたら、勝った方が立ちあがって、試合が終了です。そうしたら、こちらの人が、たったひとりで、一〇〇メートル歩いて現場まで来ればいいのです」

「──」

「もしも、試合の途中に、何人もの人間がこちらにやってくるようなら、わたしは走って逃げます。一〇〇メートルの差があれば、なんとか逃げきることができるでしょう」

「オーケイ」

内田は言った。

「それでやろう」

3

内田は、男と向かい合った。

内田は、上着を脱いでいる。

上半身が裸であった。

足は、素足。

男も、同様であった。

上半身裸体になり、素足になっている。

一〇〇メートル向こうから、北辰館の道場生たちが、ふたりに視線を注いでいる。

男は、コートの中に、脱いだものをコンパクトにたたんで包んでいる。

そのコートの中には、脱いだスニーカーも入っている。

いつでも、すぐに逃げ出すことができるようにしてあるのだ。

用心深い男であった。

男は、身長一七九センチくらいであろうか。

すっきりと、無駄な肉が削ぎ落とされ、ナチュラルな筋肉のつくる、なめらかなラインが見えている。

一見、少し、肉の量が足りないかとも見えるが、必要な筋肉は、どれも欠けてはいない肉体であった。

体重は八〇キロくらいだろう。

内田は、男よりも背が低い。

身長、一七六センチ。

体重は八十二キロ。

男より重い。

肩から胸にかけての筋肉が分厚い。

数度、深呼吸をして、内田は言った。

「いつ、始める？」

「いつでも」

男は答えた。

それが、始まりの合図のようになった。

どちらからともなく、構えて動き始めた。

男の構えは、まるで、キック・ボクサーのようであった。

両の拳を顳顬《こめかみ》の高さで構え、砂の上でフットワークを使用している。

その構えが、様になっている。

これでは、迂闊《うかつ》にローにも行けない。

ロー・キックを放った途端にタックルに来られたら、テイクダウンをとられてしまう。

この男が、疾《はや》いタックルができるならばだが――

内田は、距離を保ったまま、左に回わってゆく。

その距離を、男がつめてくる。

微妙な間合だ。

いつ、打撃の間合に入るか。

バーリ・トゥードの場合、打撃技は、テイクダウンをとられる可能性の大きくなる蹴りよりは、パンチが主体となるべきだと内田は思っている。

パンチなら、足より連打ができる。内田が、ローに行くと見せて、パンチに行こうとしたその瞬間、とん、と自分の身体にぶつかってきたものがあった。

凄い疾さであった。

男の身体が、わずかの隙をついて、タックルにきたのである。

男の動くのが見えなかった。

肘やパンチを合わせることなど考えることもできないタイミングである。

とん、

と自分にぶつかってきた衝撃で、はじめて、内田は自分がタックルされたことに気づいたのであった。

胴タックルだ。

顔面にパンチを入れることも、肘を入れることもできなかった。

死角をついて、ふいに見えない物体が自分にぶつかってきたような気がした。いったいどういう死角をつかれたのか。

眼ではない。

心、意識の死角だ。

しかし、心は、タックルを警戒していた。だから蹴りにゆかずにパンチにゆこうとしていたのだ。

フェイントで、ローにゆくと見せて拳をあてにゆく。

相手が、タックルにくるにしろ、他の何かをやってくるにしろ、自分が仕掛けてからであると、内田はそう思っていた。

それが逆に死角になったのだ。

自分が何かをする前に、仕掛ける寸前に向こうから先にタックルにきた。

瞬間的に、内田はそう判断していた。

不完全な体勢ながら、内田は、男の肩に右肘を打ち下ろそうとした。

しかし、その時にはもう、内田の身体は、背から仰向けに砂浜に倒れてゆくところであった。

男が、外側から右足で、内田の左足を引っ掛けてきたのである。

背から、砂の上に落ちた。

男の体重をもろに受けていた。

膝を――

仰向けになりながら、男の身体と自分の身体との間に膝を入れようとしたのだが、その時にはもう、男が内田の上に馬乗りになっていた。

マウントポジション。

下から、必死で男の頭を両手で抱え込んだ。

もしも、向こうの身体とこちらの身体との間に距離をあけたら、たちまち上からパンチの雨が降ってくるだろう。

そのくらいの知識はすでに内田にはある。

抱え込んだその瞬間に、左の脇腹に打撃を受けた。

パンチだ。

男が、右の拳で左脇を打ってきたのだ。

なんという速さだ。

攻撃が一瞬たりとも休まない。

次々と、攻撃が仕掛けられてくる。

こちらは、考える間もなかった。

内田は、まだどういう攻撃も仕掛けてはいなかった。

攻撃をして、それがかわされたとか、空振りをしたとか、そういう次元ですらない。攻撃そのものを、まだ出すことができないでいるのである。

また打たれた。

左の脇腹。

どうということはなかった。

不自然な体勢からのパンチだった。

重くはない。こんなパンチよりも、一〇〇倍はきついミドル・キックを、これまで何度もこの左脇には受けてきているのである。

また一発。

大丈夫、効かない。

また一発。

また一発。

しかし、なんとみごとに、脇腹の同じ場所に拳を当ててくるのか。

いや、拳ではない。

指だ。

中指の第一関節を握り拳の中から立てて、それで、脇腹を打ってくるのである。

何度も、何度も、正確に同じ場所を――

一本拳。

さすがに、痛みを覚えた。

小さな意識のささくれが心に生じたその瞬間、密着させていた自分の顔と、男の頭部との間に這い込んできたものがあった。

おそろしく指の長い、男の右手であった。

顔の上に、その手が被さった。

鼻と口が塞がれた。

糞。

その手をどけようと、左手を動かした時、いきなり、おもいきり男の右手が内田の顔を圧してきた。

内田の顔を圧しながら、男は、内田の腕の間から上体を起こしていた。

距離が生まれた。

拳が落ちてきた。

顔面に。

ひとつ。

ふたつ。

みっつ。

両腕でカバーし、顔面を守る。

しかし、そのガードを左の拳で打たれ、透き間を開けられ、そこから次には右の拳が落ちてくる。

真上から。

斜め上から。

右から、左から――。

拳は、休まなかった。

なんということだ。

こっちはまだひとつも攻撃を出していないのに。

せめて、一発。

たった一発、下からでもいいから、この男の顔面に拳を――

そう思った瞬間、くるりと、内田の上で男の身体が動いた。

何が起こったのかわからなかった。

右のパンチを下から出そうとした時に、男の体重が、自分の腹の上から消えたのである。

右手首をとられていた。

男が、内田の右腕を股の間に挟み、自ら仰向けになって倒れ込んだのである。

逆十字固めだ。

極《き》められた。

右肘に激痛が疾る。

やるんならやってみろ。

タップはしない。

喰い縛ろうとした歯の間から、呻き声が洩れていた。

びりり、

という、布を裂くような音が、内田の右肘からあがった。

肘の靭帯《じんたい》が断裂する音だ。

こらえる間もなく、あっさりと、男は内田の右肘を破壊してのけたのである。

ふわりと、男の身体が内田から離れた。

「ま、まだだ」

左手で、右肘を抱えながら、内田は言った。

「終りました」

男は、そう言って、服を身につけはじめた。

「終ってない」

内田は起きあがり、立ちあがった。

靴を履こうとしていた男に向かって、左の上段回わし蹴りを放った。

右腕で、あっさりとそれをガードし、男は自分の右足を跳ねあげた。男の右足が、内田の左の顳顬を叩いていた。

声もたてずに、内田はそこに膝を突き、襤褸屑《ぼろくず》のように、砂の上に崩れて動かなくなった。

男は、その横で、素足に靴を履く。

「内田！」

高柳が声をあげて走ってくる。

その後ろから、三人ほどが続いた。

シャツを着て、コートとセーターを手に持って、男は高柳たちから逃げるように走り出した。

速い。

高柳が、倒れている内田のところまで駆けつけた時、もう、男は一〇〇メートル以上も向こうに逃げていた。

〝一〇〇メートルの差があれば、なんとか逃げきることができるでしょう〟

男の言っていたことは、嘘ではなかった。

一章　武王の城

1

「いかんなあ」

浴衣姿の松《まつ》尾《お》象山《しょうざん》がぼやいている。

畳の上に、胡坐《あぐら》をかき、胸を大きくはだけている。

冬だというのに、袖を肩までたくしあげて、太い両腕を肩の近くまでさらけ出している。

臑毛《すねげ》の生えた太い臑が、裾から覗いている。

座布団《ざぶとん》は使っていない。

畳の上に直接太い尻を落としている。

象山の前で正座しているのは、私服姿の高柳であった。

高柳の横に、右腕を白い包帯で包み、肩から吊っている内田が正座をしている。

和室。

この松尾象山が、床の間を背にして座しているだけで、部屋の空間がぎっしりと温度を持ったものでいっぱいになったように見える。

横の壁際に、スーツ姿の姫川勉が座し、背を壁に預けて腕を組んでいる。

「そりゃあまずかったわなあ、高柳ようー」

ぼやきながら、松尾象山は右手の太い人差し指で、顎を掻いている。

松尾象山は、風呂あがりであった。

まだ、髪が濡れている。

今、高柳から、昼間の報告を受けたところであった。

ルタ・リブレという格闘技をやっているブラジル人がやってきて、その男と内田が闘い、敗れたという話である。

「かまうこたあねえから、みんなでよってたかって、ぼこぼこにしちまやあ、よかったんだ」

「もうしわけありません」

高柳が、両手を畳について、頭を下げた。

顔をあげれば、怒っているというよりは、笑っているような松尾象山の顔が見える。

怖い。

高柳の顔面からは、血の気がひいて、顔が青くなったように見える。

その横にいる内田は、顔を赤くして、歯を喰い縛っている。

「長田の場合はよかったんだ。あいつは、トーナメントに出てもらわにゃならん身体だったからなあ」

象山は、太い顔を前に突き出し、

「いいかい――」

そう言って、太い唇を舐めた。

「あいつらはよう、一対一の喧嘩の時は、そこそこやる。しかし、やつらのやり方には欠点がある」

象山は、太い唇に太い笑みを浮かべて高柳を見やった。

「わかるかい、え？」

しかし、問われても、今、高柳はまともな思考ができる状態ではない。頭が、半分パニックを起こしている。

「お、押忍《オス》」

やっと、それだけを言った。

「もしも、相手がふたり以上いたら、どうしようもねえってことだよ」

「――」

「ひとりの上に馬乗りになっているうちに、もうひとりが、馬乗りになっているそいつの顔に蹴りを入れてやりゃあいいんだよ――」

「押忍」

「どうだい、わかったかい」

そう言って、松尾象山は立ちあがった。

「押忍、わかりました」

高柳が、硬い声で言った。

「ちがうよ、おめえに言ってるんじゃない」

松尾象山は、右手の壁にある窓際まで歩み寄り、右拳で、小さく、二度、窓ガラスをノックした。

「おまえさんのことだよう」

そう言った。

すると、窓ガラスの向こう側に、窓枠の下方から、ゆっくりと男の顔が浮かびあがってきた。

その顔を見て、

「こ、こいつ——」

高柳が声をあげた。

「あいつです」

内田も腰を浮かせた。

窓の向こうに、あの、昼間姿を見せたブラジル人の顔があった。

その男は、照れたような笑みを口元に浮かべ、白い歯を見せていた。

松尾象山が、窓を引き開けると、冷たい冬の夜気が、どっと部屋に入り込んできた。

その時には、もう、ブラジル人の男は、数歩後方に退がって、松尾象山から距離をとっている。

「どうだい、わかったかい」

開け放たれた窓から松尾象山が声をかけると、

「わかりました」

男は、うなずいた。

男が立っているのは、駐車場をかねた民宿の中庭にあたる場所で、男の後ろには、何台かの車が停まっている。

「あなたたちがふたり以上いる時は、マウントをとらずにやることにしましょう」

悪びれずにそう言った。

「おいらが、おめえの捜していた松尾象山だよ」

象山が、くったくのない表情で声をかけた。

「承知しています」

異国――ポルトガル語訛りのある日本語で男は言った。

「おめえ、名前は？」

「マカコと呼んで下さい」

「マカコ？」

「ポルトガル語で、サルのことです」

「猿!?」

なるほど、本人から言われてみれば、そのように見えないこともない。猿が自然とその身に備えているのと同種の愛嬌《あいきよう》がマカコと名のった男にはあった。

「で、おまえさん、おいらに何か用事があるんだって？」

「ええ」

「何だい、その用事ってのは？」

「用事は象山先生おひとりにあるのです。他の方がいなくなったら、声をかけようと思っていたのですが、先に声をかけられてしまいました」

男――マカコは頭を掻いた。

「どうだい、ここへあがってくるかい」

「いえ、とてもその勇気はありません」

「ならば、おいらがそこまで行こうか」

「ふたりで話をさせていただけるのですか」

「おう」

「ならば、昼間、試合をさせていただいた海岸までおいでいただけますか」

「ほう」

「わたしが、先に行って、待っていますので、象山先生が後からいらしてくれればありがたいのです」

「いいぜ」

あっさりと象山はうなずいた。

「もしも、象山先生がふたり以上の人数でやってきたら、わたしは走って逃げて、また別の機会を捜します。代りに、象山先生がやってきてもしもわたしが、わたし以外の人間とふたり以上でいたら、象山先生は、海岸まで出ずに、ここへもどってしまえばいいではありませんか」

「わかった、行こう」

象山の返事は短かった。

「では、お待ちしていますので——」

マカコは、笑いながら軽く頭を下げてみせ、数歩、後ろ向きに退がってから、背を向け、走り出した。

「本当に、お独りでゆかれるのですか」

高柳が訊いた。

「あたりめえだろう」

松尾象山は、唇に楽しそうな笑みを浮かべて言った。

姫川は、苦笑していた。

2

寒風の吹く砂浜に、ぽつんと人影が見えた。

コートを着たあの男——マカコと名のるブラジル人である。

月明りの中に、その人影がただひとつだけである。

男の向こう側に、波が白く砕けているのが見える。

他の人間は、どこにもいない。

冬の海に、わざわざ出て来るような物好きな人間は、そうはいない。

松尾象山は、道衣姿であった。

Tシャツを着たその上に、道衣の上下を身につけているのである。

素足に下駄《げた》を突っかけている。

いざとなった時には、すぐに下駄を脱ぎ捨てて、素足になることができるが、それではいかにも寒い。はじめからスニーカーか何かを履《は》いてくる方が気が利《き》いている。

Ｔシャツを下に着ているとは言え、道衣姿はいかにも寒そうである。

しかし、松尾象山の姿を眺めていると、本人が寒い思いをしているという印象はどこにもない。

身体全体を、肉体から立ち昇ってくる熱気のようなものが包んでいる。

冬の冷気が、象山の肉体からその熱気を奪って、ちょうどよくバランスがとれているようにも見える。

ゆっくりと、松尾象山は、マカコに向かって砂の上を歩いてゆく。

マカコが、コートのポケットに両手を突っ込んで、近づいてくる松尾象山を眺めている。

おそらくは、素手を、ポケットに突っ込んでいるのであろう。

もし、闘いとなった時、指先が冷えているのといないのとでは、大きな違いがあるからである。

手袋をしていたのでは、相手の身体を摑んだり、袖や襟をからめとったりという作業がやりにくくなる。

相手が、ある間合以上に近づいてくるまでは、素手をポケットに入れておくというのが一番いい。

マカコと、三メートルほどの距離で、象山は立ち止まった。

象山自身も、道衣の襟から両手を懐に差し込んでいる。

「ま、こんなもんかな」

松尾象山は言った。

互いに、両手をポケットと懐に入れている。その時の距離——間合がこんなものでどうかと象山は言っているのである。

「そうですね」

マカコが答えた。

「でも、道衣を着てきたのは、どういう意味なのですか」

「意味なんかないね」

「ここで試合《しあ》うつもりなのですか」

「着替えるのが面倒臭かったんだよ。これが一番楽でいい——」

松尾象山は、太い微笑を浮かべた。

本当のことを言っている。

しかし、マカコは、それが本当のことであるかどうかまではわからない。

「さあ、用件てえのは何だい？」

松尾象山は訊いた。

その太い声に、波の音が被さってくる。

「スクネ流というのを知っていますか？」

マカコは訊いてきた。

「そのことか」

「そのこと、というのは、御存知なのですか？」

「昨年から、誰かが、あちこちの古流派のところへ顔を出して、スクネ流のことを訊いて回わっているというのはね」

「わたしの質問の答ではありません。わたしは、あなたにスクネ流について訊ねているのです」

「その前に答えろ。何故、スクネ流のことをブラジル人が調べてるんだ」

松尾象山は問うた。

沈黙は、わずかだった。

「ミツヨ・マエダのことは御存知ですね——」

マカコが訊いてきた。

「知ってるよ」

「ブラジルに、柔術を伝えた人物ですが、このミツヨ・マエダの死因は御存知ですか」

「病気だったと聞いているよ」

　象山の言う通り、前田光世は、一九四一年に、ブラジルのベレンで、内臓の病気で亡くなったことになっている。

「日本ではそうらしいですね」

「ブラジルでは、ミツヨ・マエダは、毒殺されたのだという噂が、根強く残っています」

「へえ、そうなのかい」

　とぼけた顔で、松尾象山は言った。

　前田光世毒殺説については、すでに、松尾象山は耳にしている。

「しかし、誰が前田を毒殺したというんだい」

「日本人です」

「日本人？」

「スクネ流の人間に、ミツヨ・マエダは毒殺されたと噂されています」

「何故だい？」

「ミツヨ・マエダ——我々の間では、コンデ・コマの名前で通っていますから、そう呼びましょう。コンデ・コマが、スクネ流の秘密の技を、ブラジル人に教えてしまったからだと言われています」

「まさか——」

「まさかではありません。コンデ・コマは、海外へ出てからの二〇〇〇試合、ジャケットを着た勝負では無敗であったと聴いています——」

「らしいな」

「何故だと思います」

「さてね」

「コンデ・コマが、スクネ流を知っていたからです。コンデ・コマは、危ない勝負は、全て、スクネ流で勝ってきたと言われています——」

「へえ」

「コンデ・コマは、日本を出る時に、国外にスクネ流の秘伝書を持ち出したと我々は耳にしています」

「それで？」

「その秘伝書を、日本からスクネ流の人間がとり返しにやってきて、そのスクネ流の人間に毒殺されたのだと——」

「で、秘伝書はどうなったんだい？」

「日本からやってきたスクネ流の人間が持ち去ったと言われています」

「ひと口には信じられんね」

「わたしもです」

「ほう」

「ですから、わたしは、それを調べるためにブラジルからやってきたのです」

「ふうん」

「ガスタオン・ガルシーアの父にあたる人物が、一度だけですが、コンデ・コマがスクネ流の名前を口にしたのを聴いています——」

「へえ、何て言ってたんだい」

「自分も、長い間闘ってきたが、スクネ流の技を知っていたおかげで、何度か危ないところを切り抜けることができた——そう言っていたそうです」

「ほう」

「スクネ流のタンスイ、リオウという技のおかげで、勝てたこともあると、そうも言っていたそうです」

「——」

「柔道の技にも怖いものがあるが、いざという時、本当に恐ろしいのはスクネ流だな、と——」

「ずいぶん、具体的だな」

「何故、コンデ・コマが、生涯日本に帰らなかったのかを、どう考えます？」

「何故だい？」

「日本に帰ったら、自分が、スクネ流に殺されてしまうと、コンデ・コマが考えていたからですよ」

「穏やかな話じゃねえな」

「自分は、スクネ流によって、何度かこの生命を助けられてきたが、いつか、スクネ流によって、この生命を奪われる時が来るかもしれぬと、その時、コンデ・コマは言っていたというのです」

「――」

「それほど、凄い技なら、ぜひ我々にも教えてもらえませんかと、ガスタオン・ガルシーアの父は言ったそうですが、これは、非常に怖い技なので、誰にも伝えるつもりはないと、そうコンデ・コマは言っていたらしいんですがね――」

「じゃ、コンデ・コマは、スクネ流を教えてはいないってことだな」

「しかし、日本のスクネ流は、コンデ・コマが、ブラジル人にスクネ流を教えたと思い込んでいたということでしょう」

「話は、おおむねわかった。しかし、わからんことがある」

「何が？」

「何故、スクネ流を捜しているんだ？」

「はっきり言って、今、柔術ではブラジルが一番です」

「柔術ではな」

「今後、ブラジルは、ホセ・ラモス・ガルシーアを中心にして、柔術を世界中に広めてゆくことになります」

「昨年、W・G・Aがやった世界NHBトーナメントも、その戦略のひとつってことだな――」

「はい」

マカコは嬉しそうにうなずき、

「たぶん、空手、レスリング、ボクシング、キック、どの分野のどの選手が出てこようと、我々は、バーリ・トゥードで勝つ自信があります」

「――」

「その時に、ただひとつ、我々が気にしているのが――」

「スクネ流か」

「ええ」

「おいおい、何かひとつ、大事なことを忘れちゃいないかい」

「失礼しました、ショーザン・マツオを忘れていました」

マカコが笑みを浮かべた。

「だろう」

子供のように嬉しそうに松尾象山はうなずいた。

「北辰空手を忘れてもらっちゃあ困る」

「いえ、我々が気にしているのは、北辰空手ではなく、ショーザン・マツオというジャンルなのです」

「――――」

「一個、一ジャンルのショーザン・マツオのことも、ホセ・ラモスは警戒しています」

「そうでなくちゃあな」

「しかし、ラモスは、もう、すでにあなたに勝つつもりでいますよ」

「なんだとう？」

「怒らないで下さい。わたしがそう思っているのではありません。ホセ・ラモスがそう思っているのです」

「どちらにしろ、気に入らねえなあ」

松尾象山が、わざとか本気なのか、子供のように唇を尖らせてみせた。

「とにかく、ラモスは、今、スクネ流について、色々と知りたがっているということです。本当にそんな流派があるのかどうか。あったとして、そこの技がそんなに脅威となりうるものなのかどうか――」

「で、どうだったんだい？」

「どうとは？」

「だから、色々と調べたんだろう、スクネ流のことをさ」

「調べました」

「何かわかったかい」

「何も――」

マカコは言った。

「色々と、古流の方たちや、文献を漁《あさ》ってみたんですが、わかりませんでした」

「日本語が達者《たつしゃ》なんだな」

「母が、日系人でしたので、ポルトガル語、日本語、英語は同じように話せます」

「ふうん」

「で、妙な噂を耳にしました」

「どういう噂だい？」

「北辰館のショーザン・マツオが、スクネ流について、何か知っているらしいということをです」

「へえ、よかったなあ」

「よかった？」

「あんたに、その噂が届いてさ」

「どういうことですか」

「その噂、おれが流したんだよ」

マカコが、ぴくりと片方の眉をあげた。

「何故？」

「だからよ、スクネ流について、色々と嗅ぎ回わっている人間がいるって聴いたもんでね、誰が何のためにそんなことをしているのか、そいつに会いたかったんだよ」

「じゃ、あんた――」

「すまん」

松尾象山は、はじめて懐から右手を出し、分厚いその掌を顔の前で立てた。

「スクネ流のことを、知らないと――」

「悪かった。その通りさ」

マカコは、数度、深い呼吸を繰り返し、それから、溜め息をひとつついた。

「とんでもない方ですね」

「そのかわり、こっちも、ひとり犠牲者が出た――」

「あれは、そちらの方から申し出があってしたことですよ」

昼間、内田が闘ったことについてマカコは言っているのである。

「知ってるよ。しかし、犠牲者は犠牲者だ」

「とんでもない言いがかりですね」

「おれもそう思ってるよ。あんたを騙《だま》して悪かった」

「――」

「だから、ひとつ、おれが餞別《せんべつ》をやるから、それで手を打っちゃくれねえかなあ――」

「餞別？」

「あんたを、無事にここから帰してやるよ」

「どういう意味なんですか」

「あんたは、北辰館の内田と野試合をやって、やつの腕を折った」

「ええ」

「その後で、こうしておいらとふたりきりでいるんだぜえ」

「――」

「おいらとしちゃあ、あちらこちらで、北辰館に勝っただの、北辰館は弱いだのとあんたに言われちゃあ、たいへんに困るんだよ」

「――」

「な、あんたを無事にここから帰してやる。それでおさめてくれ」

「いいんですか」

囁《ささや》くような声で、マカコが言った。

その眼に、月光とは別の鋭い光が宿っている。

「何がだい」

松尾象山もまた、優しい声で問いかけた。

「ここから無事に帰ったら、あの松尾象山が、ふたりきりになっておきながら、弟子の仇もとれずに、わたしに手も足も出せなかったと、そういう噂が広まりますよ」

「なるほど、そこまでは考えなかったな」

「でしょう」

「それは、少し、困るわなあ」

松尾象山が、下駄の歯を、砂に深く潜り込ませるようにして、じわりとマカコににじり寄った。

同じ距離を、マカコが下がる。

すでに、象山の右手は外に出ている。

「まだ、訊きたいことがあるんだよ」

松尾象山は言った。

マカコの左右の手は、まだコートのポケットに入ったままだ。

マカコは、そろりと左手をポケットから抜き出し、痒《かゆ》みでも散らすように、左の首筋を人差し指で掻いた。


「ルタ・リブレのあんたと、柔術のホセ・ラモスと、いったいどういうつながりがあるんだい」

「何だと思います」

マカコが逆に問うた。

ブラジルでは、ルタ・リブレと柔術とは、互いに仲が悪い。ブラジルにおけるバーリ・トゥードの歴史の多くは、このルタ・リブレと柔術の選手との間で作られてきた。

松尾象山はそのことを問うているのである。

しかし、マカコはその問いには答えなかった。

代りに、

「ねえ……」

焦《じ》れた女のような声で、マカコは言った。

「やりませんか」

「うん」

松尾象山が答えたその瞬間、マカコの右手が動いていた。

ポケットからマカコの右手が抜き出され、松尾象山に向かって、何かが投げつけられてきた。

砂であった。

身体を動かさず、一瞬、象山は眼を閉じてその砂を受けた。

象山の顔、身体、そして周囲に砂の散らばる音があがった。

象山が眼を閉じたその瞬間、前に出ようとしたマカコが、その足を止めていた。

松尾象山の左手が懐から抜き出され、その手に握られていたものが、マカコの顔面に向かって宙を飛んできたのである。

石であった。

マカコが、ポケットの中で右手に砂を握っていたように、松尾象山は、懐の中で、左手に石を握っていたのである。

マカコは、右に上体を振ってそれをよけていた。

石をよけずに、眼を閉じた象山に向かって突っ込んでいたら、顔面にその石を受けていたところであった。

これで、松尾象山も、マカコも、両手が外気の中に出たことになる。

「いいねえ」

松尾象山は、太い唇を左右に吊りあげて微笑した。

「そのくらいのことをしてくる相手じゃないと、はりあいがないからね」

「あなたも、相当なものですよ」

マカコは言った。

まだ、距離は、三メートルあった。

ふたりとも動かない。

睨《にら》み合っている。

ふたりの腰は、浅く降りていた。

ふいに——

松尾象山の右足が動いた。

前蹴り！

しかし、距離がありすぎる。

前蹴りではなかった。

前蹴りと見えた象山の右足から、下駄が離れて、マカコの顔面に向かって飛んだ。

右手で、軽く、マカコがそれを払った。

次の瞬間にも、象山が踏み込んでゆくかと見えたが、象山は動かなかった。

下駄の上に乗せていた左足を、前の砂の上に下ろして、マカコとの距離を縮めていたのである。

打撃の間合に入っていた。

マカコが、両拳を上に持ちあげて構えた。

キック・ボクシング——ムエタイ流の構えだ。

バランスがいい。

「なかなか、いいじゃないか。打撃もやってるんだな」

「あなたほどではありません」

答えながら、マカコが、フットワークを使いながら、象山と距離をとろうとする。

それを象山が追ってゆく。

「いくぜ」

象山が言った。

ふわりと、象山の右足が持ちあがった。

ハイ・キックだ。

象山の右足が、最初からマカコの頭部目がけて宙を疾《はし》った。

左腕をあげて、マカコがその蹴りをガードした。

次の瞬間、マカコは象山に向かってタックルにゆく姿勢になりかけたが、途中でそれを思いとどまった。

ひとつのできごとがあったからである。

松尾象山の右のハイ・キックを左肘で受けた時、

ごつん、

と、マカコの左側頭部にぶつかってきたものがあったのである。

　小石であった。

　そして、瞬時にマカコは、何が起こったのかを理解していた。

　松尾象山が、砂の中から、右足で小石をさぐり出し、その小石を、右足の人差し指と親指との間に挟んで、マカコを蹴ってきたのである。

　その右足をブロックしたので、自然に、人差し指と親指の間から小石が離れ、その小石がマカコの頭にぶつかってきたのである。

　しかし、マカコは表情も変えずに、松尾象山を睨んでいた。

「なるほど、そういうことでしたか」

　マカコは言った。

「どうでい、いいことを教えてやったろう――」

「ええ」

　マカコがうなずいた。

「そういうことなら、迂闊に寝技には入れませんね」

「おいらとしちゃあ、わからずに、今の蹴りに合わせて入ってきてもらいたかったんだがな」

「怖いことを言いますね」

　マカコが、唇を吊りあげて囁いた。

　こういうことだ。

　小石を利用したことで、いつでも自分は、周囲に落ちている砂や小石を使う用意があるよということを、松尾象山はマカコに示したことになる。

　たとえ、マカコが象山をタックルで倒してマウントをとったとしても、象山は、下に落ちている石や砂を摑んで、それで攻撃をかけるぞと、マカコを脅しているのである。

　マウントポジションをたとえとったとしても、そういうことをされたら、そのポジションの優位性が薄くなる。

　もちろん、互いに砂や石を持って攻撃し合う場合でも、マウントポジションの優位性は動かないが、それは、マウントをとった者、ガード・ポジションをとったもの、両者がその時、平等に素手であった場合である。

　当然ながら、最初に武器を手にした方が有利になるが、マウントをとっている者の方が周囲はよく見えるし、石を拾う機会も多くなる。

　しかし、こちらがマウントをとりにゆく時に、相手がわざとマウントをとらせるケースも考えられる。

　仮に象山が、武器になりそうな石を拾うため、わざと下になりながら、先にその石に手を伸ばすことも充分にありうる。マウントをとった瞬間に、相手が石を握っていたら、その優位性は大きい。

　マカコが考えたのはそこであった。

迂闊には、松尾象山を倒しにはゆけなくなる。

　つまり、松尾象山は、立ち技での勝負を、ここでマカコに要求したことになる。

「どうしたい、こないのかい」

　松尾象山が、からかうような声で言った。

　しかし——

　タックルにもゆけない。かといって、この松尾象山を相手に、立ち技勝負をするというのも、できるものではない。

「最初の提案を呑みたくなってきました」

「やだね」

　松尾象山が言った時、いきなり、マカコが真横に走り出した。

　逃げ出したのである。

　背を向けて後ろへ逃げるのでは、後ろへ向く分、動作が多くなって、松尾象山にすぐに追いつかれてしまう。

しかし、真横に向かって走るのなら、どちらが有利も不利もない。条件は同じである。

脚力の優れている方が勝つ。

脚力が同じであったとしても、先に動き出したマカコが先行する。

年齢からいっても、象山のスタミナが先に尽きることになる可能性が高い。

そこに、マカコは賭けたのであった。

自然に、マカコを松尾象山が追うかたちになった。

マカコが走る。

象山が追う。

向こうに、街灯の灯りが見える。

街と海とを分ける堤防があり、そこに街灯が立っているのである。

マカコが走ってゆくのは、砂浜から堤防へ上ってゆく階段であった。

マカコが先に階段に到着した。

それを駆けあがる。

松尾象山が、階段を駆けあがる。

そして——

堤防の上に立ったマカコが、ふいに、振り返った。

ほとんど、息も切らせていない。

にいっ、

と、マカコが微笑した。

遅れて堤防の上に駆けあがった松尾象山が立ち止まる。

堤防の上で睨み合った。

白い歯を見せて笑っているマカコの顔を、街灯の灯りが照らしている。

「あちゃー」

松尾象山が声をあげた。

「わかりましたか」

マカコが言った。

ふたりが立っているのは、コンクリートの上であった。

石も、砂も、その上には落ちていなかった。

コンクリート——

もしも、投げられたり倒されたりすれば、それだけで、下になった方が大きなダメージを負うことになる。

「おい」

松尾象山は声をかけた。

「さっきの提案を呑んでもいいんだがな」

象山の息が、マカコよりわずかに荒い。

「いやですね」

マカコが言った。

しかし、まだ、ふたりの間には、距離があった。

拳の距離ではなく、蹴りの距離でもなく、タックルの距離でもない。

じわりと、マカコがその距離をつめてきた。

蹴りの距離に入った。

もし、松尾象山が中途半端な蹴りを出せばたちまち、マカコがタックルに来るであろう。

と——

「やっと本気になってくれそうだな」

松尾象山の眼が、おもしろそうに笑っていた。

3

ゆったりと、松尾象山は太い左右の拳を持ちあげた。

拳の持ちあがる速度で、浅く腰が沈む。

山のように大きな構えであった。

もう、ひき返せない距離にふたりはいる。

どちらか一方が背を向けて逃げようとすれば、それを追って一撃を入れることができる距離である。

もし、本気で逃げるつもりならば、それを望んだ方が、いま、マカコがつめた分の距離を、もう一度ふたりの間につくらねばならない。

　しかし、マカコにも松尾象山にもそのつもりはないようであった。

　マカコは、松尾象山に合わせるように、腰を浅く落とした。

　胸に触れるほど深く顎を引いている。

　猫背になったように背を丸め、両肩を持ちあげて、頭部の左右をカバーした。

　両手を持ちあげた。

　拳ではない。

　掌――軽く指先を曲げているが、握っているわけではなかった。

　手の位置が、やや高い。両の脇腹が空いている。そこに、ミドル・キックを入れてこいという誘いのようにも見える。

　しかし、安易に高い蹴りを放ってゆけば、蹴りにいった足を抱えられて倒されてしまう。

　松尾象山は仕掛けない。

　マカコも仕掛けない。

　どちらからでも攻撃を仕掛けることができる間合の前後を、ふたりは小さく出たり入ったりしながら、互いに攻撃を掛けるタイミングを計《はか》っているようであった。

「どうした」

　松尾象山が言った。

「こねえのかい？」

「ええ」

　うなずいたマカコの声が、少し掠《かす》れている。

「安心しろ。ひとつふたつ叩かれたからって、死にゃあしないんだ。それに、おまえさんからは、もう少し聞きたいことだってあるんだからよ」

「聞きたいこと？」

「まだ、何か知っているってえ面《つら》をしているぜ」

「何をです？」

「それをおまえさんから聞こうってことだよ。だから、口が利けるようにはしといてやるよ。歯の二、三本はなくたって、話すことくらいはできるだろう」

「あなただって、まだ隠していることがありそうですよ」

「へえ、わかるかい」

「やっぱり……」

「スクネ流についちゃあ、少し気になることもあるんでね」

「何ですか、それは？」

「さてね」

「また嘘を？」

「どうかな……」

言葉でやりとりをしながら、互いに隙をねらっている。

　ふたりが、どこまで本当のことを口にしているのか、そこまではわからない。嘘も本当もない。少しでも心に動揺を起こしたら先に仕掛けられてしまう。言葉は、その動揺を相手に生じさせるためのジャブである。

「ああ、思い出しましたよ」

　マカコが言った。

「何をだい？」

「スクネ流の秘伝書なんですが、それをコンデ・コマより先に持っていた人物の名前です」

「へえ、誰なんだい」

「嘉納治五郎……」

「ほう……」

　マカコがつぶやいた。

　松尾象山の眉が、わずかに動いた。

　その瞬間に、マカコが反応していた。

蹴りだ。

「シッ！」

マカコの口から、鋭い呼気が洩れた。

マカコの右足が、コンクリートの上から跳ねあがって、松尾象山の頭部を襲ったのである。

ロー・キックではない。

ミドル・キックでもない。

前蹴りでもない。

サイド・キックでもない。

ハイ・キック——上段蹴り。

　こういう闘いで、松尾象山に対して、誰がこのような蹴りを出すであろうか。少しでも、打撃技の心得がある者なら、まず、最初の技にハイ・キックを出したりはしない。

　そもそも、ハイ・キックは、出発地点から打撃地点まで、一番多くの距離を動く蹴りである。

　予備動作も大きくなり、事前に察知されて、かわされてしまう。

　通常は、パンチや他の攻撃とのコンビネーションの中で出されてくる技である。あるいはロー・キックを多用して、注意を下半身に集めておいて、その上で出してくるのがハイ・キックである。

　もし、最初にハイ・キックを出すにしても、それは、少なくとも相手が打撃に不慣れな場合である。もしくは、ルールのある試合で、相手が組んできたり、蹴り足を手で捕えたりしないことがわかっている場合である。

　しかし、これはルールのある試合ではなく、しかも、相手は松尾象山である。

　意表を突いた攻撃といっていい。

　さっきからの会話で、いかにも自分は打撃よりも寝技が得意であると思わせておいて、実は始めからこの蹴りをねらっていたとするなら、マカコという男、なかなか喰えない。

疾《はや》い。

鞭のように脚をしならせた蹴りが、象山の左の顳《こめ》顬《かみ》を襲った。

マカコの蹴りに、象山も反応した。

象山の反応もまた、どういうセオリーにもないものであった。

左肘をあげてそれを受けるのでもなく、身を沈めたり、スウェーをしてそれを流すのでもなかった。

象山は、自分の左側頭部に向かって跳ねあがってくる蹴りに対して、なんと顔の正面を向けたのである。放っておけば、その蹴りを顔面で受けてしまう位置である。

象山の、右の拳が動いた。

「吩《フン》！」

象山の右拳が宙を疾り、なんと、自分の頭部に向かって跳ねあがってくるマカコの右足に向かってぶつかっていったのである。

異様な音がした。

「ちいっ！」

「ぬうっ！」

ふたりの位置が入れ替わっていた。

さっきと同様に、構えて向きあっている。

象山の方は、表情も、姿勢もさっきと同じだ。

しかし、マカコの方は、構えは同じだが、表情が変化をしていた。

驚嘆の色が、その眼にある。

ふふん。

と象山は小さな笑みを太い唇に浮かべただけであった。

マカコの、右足の靴の底が、ばかりと剝がれていた。

固い、ビグラム張りの靴底であった。

靴底は、ちぎれこそしなかったものの、半分剝がれ、踵《かかと》の部分で靴に繋《つな》がっているだけである。爪先《つまさき》部分がずれて、靴下を穿いているマカコの右足の親指が爪先から覗いていた。

　象山の右拳の一撃が、カウンターで当り、靴から靴底を剝がしていたのである。

　凄まじい一撃であった。

　本来であれば、マカコの右足の甲が砕けていたかもしれない一撃であった。

　その拳が、甲を直撃しなかったのは、攻撃の途中で、マカコが足の軌道をわずかに変えていたからであった。

　象山の動きに、マカコが対応したのである。

「まったく、なんという人だ……」

　マカコはつぶやいた。

　蹴りに来た、宙を移動中の足を拳でねらってくる技など、どういう流派の伝書にもない。

「どこだっていいんだよ」

　象山は、そうつぶやいた。

「当りゃあいいんだ。当りゃあね」

　それが、頭でなくてもいい。

　腹でなくてもいい。

　顎でなくてもいい。

　拳が当るのなら、それは相手の肉体のどの部分でもいい。

　当れば、そこを自分の拳は破壊する——そう信じているからこその象山の一撃であった。

　手だろうが、足だろうが、腕だろうが、当ったところを破壊すれば、それが勝負を決することになる。

　自分の拳に絶対的な自信を持っている象山ならではの発想であった。

「また、振り出しからだな」

　松尾象山が言った時——

「かわりましょうか」

　背後から声がかかった。

象山にとっては、振り返るまでもない声であった。

　姫川勉が、松尾象山の背後に立っていた。

「来なくていいと言っておいたはずだぜ」

　後ろを振り向きもせず、松尾象山は言った。

「あれ？」

　姫川は、とぼけた声をあげ、

「来るなと言ったのは海岸ではありませんでしたか――」

　涼しげな声でそう言った。

「ふん」

　松尾象山は、小さく不満そうな声をあげた。

「冬に、そんな格好でいつまでも外にいると、身体によくありません」

　スーツ姿の姫川が、松尾象山の横に並んだ。それを見やって、

「ふたり、ですか――」

　マカコがつぶやいた。

「昨年の、全日本オープントーナメント一位の姫川勉さんと松尾象山先生――このふたりを同時に相手にできる方は、この世にはおりません」

　マカコは、しばらく前に松尾象山が言っていた言葉を耳にしている。

　相手がマウントをとっている間に、後ろからでも横からでも、頭に蹴りを入れてやりゃあいいんだよ――

　しかも、象山は、窓の外にいるマカコに、ちゃんと今のことを耳にしたかと問いかけてもいる。

「そう言わずに、相手をしていただけませんか――」

　姫川が、腰を落としもせずに、半歩、前に出る。

　同じ距離を、マカコが退がった。

「こら、おめえ、おいらのお客に何をしようってんだ」

　松尾象山が言った時には、姫川が、器から溢《あふ》れた

水が、縁のただ一点からこぼれ出すように、つうっ、と前に出ていた。

「あ、こら……」

象山が、子供のような声をあげる。

それでも姫川が止まらぬと見るや、

「この」

姫川の背を、前蹴りで、

とん、

と蹴った。

前に出てゆく姫川の速度に、象山が加えた新たな速度が加わって、予期できぬ速度となって、姫川の身体はマカコに向かって前に出ていた。

「しゃあああっ！」

マカコが、姫川の速度を止めようと、前蹴りを放ってきた。

それを、姫川は、両腕を腹の前でクロスさせて受けていた。

重い衝撃が姫川の腹を打った。

「ちいっ！」

マカコが前に出た。

まだ、ガードの位置すら定まっていない姫川の顔面に向かって、マカコがたて続けにパンチを放ってゆく。

それを、姫川が全てかわしてのけた。

どういうブロックもせず、フットワークと上体の柔軟さだけで、姫川は顔面をねらってきた拳を、後方や横手へ流してしまったのである。

しかし、マカコは怯《ひる》まなかった。

「しゃっ！」

斜め上から叩き下ろしてくるような右のローを放ってきた。

それを、姫川は左足をあげて受けていた。

その一瞬、マカコが、大きく後方に跳んでいた。

距離が生じた。

間合から充分離れたポジションに立って、マカコはようやく口を開いた。

「今夜のところは、これで失礼しますよ――」

「相手をしてくれないのですか」

姫川は言ったが、

「では、いずれまた……」

マカコの返事は素っ気ない。

言い終えた途端に背を向けて、一直線にマカコは走り出した。

その姿がたちまち小さくなって、その後ろ姿さえも見えなくなると、堤防の上に、ぽつんと姫川と松尾象山の肉体がとり残された。

「おい、姫川――」

姫川の後方から、ぼそりと松尾象山が声をかける。

「はい」

「おめえ、まさか……」

「まさか？」

「まさか、おめえ――」

そこまで言いかけて象山は言葉を切り、

「今の男を、わざと逃がしたんじゃあるまいな――」

そう言った。

二章　スクネ流

1

丹波文七は、人混みの中を歩いている。

大阪——

心斎橋。

地下鉄を降り、地上へあがって歩き出したところであった。

午後の五時半をいくらか回わった時間である。

左右に雑居ビルが建ち並んでいる。

その間に人が動いている。

コートを着た若い男女——

勤めを終えた人間たちが、外へ出てくる時間帯である。

街の灯りは点《とも》り始めているが、まだ、完全に夜になっているわけではない。

人が、その数を増しはじめている。

その中にあって、独り、異様な肉体を持っているのが文七であった。

身長、一八二センチ。

体重——一〇〇キログラム。

一年前よりは、何キロか落ちている。

薄汚れたジーンズ。

埃《ほこり》っぽい革ジャンパー。

その下にTシャツを着ているが、そのTシャツも垢《あか》じみている。ここ数日、着替えをしていない。

風呂にも入っていない。

髪の中に、白い雲脂《ふけ》がちらちらと見えていた。

冬だというのに、むっとするような獣臭が文七の肉体を包んでいるようであった。

前から歩いてくる人間たちが、文七を避《よ》けて通り過ぎてゆく。

実際に、文七の肉体からは、古い汗の匂いが体臭となって立ち昇っているが、人が文七を避《さ》けてゆくのは、その臭いのためではない。その臭いよりももっと濃いものが文七を包んでいるのである。

触れれば嚙みつかれてしまいそうな、獰猛な犬。

千切《ちぎ》れた太い鎖を引き摺《ず》って歩いている凶暴な獣——

他の人間には、文七がそのように見えるらしい。

文七の眼は、周囲の風景を見つめてはいない。

暗い、自分の内部を見下ろしている眼だ。

文七の脳裏には、まだあの光景が残っている。

右肩を押さえて呻いている土方元。

〝強いなあ、あんた……〟

文七に殴られた頬を押さえ、そう言った男の顔。

姫川源三。

そして、それに重なってくるのが、姫川勉の、あの笑顔だ。

〝なるほど、そういうことですか〟

股間を攻撃したり、眼を攻撃したりする、そういう闘いをしてよかったんですね——

そういう笑みであった。

あの笑みが残っている。

姫川勉——

姫川源三——

姫川源三は、姫川勉のことを知らんと言っていたが、それは本当のことか。

わからない。

姫川源三が、何かを隠しているような気もするし、実は何も隠していないような気もしている。

〝あの店に地上げをしかけていたこわい筋の人間たちが、変死体で海に浮いたこともあったな〟

〝交通事故に遭ったり、朝、眼を覚まさないんで呼びにゆくと、寝たまま死んでいたりとかね〟

文七がやっかいになった店の店主はそう言っていた。

〝祟《たた》り〟

そのようにも言っていたはずだ。

姫川源三が、ただのおでん屋の親父であるはずがない。

ただの親父が、あの土方元の白刃をかいくぐって、その右肩の靭帯《じんたい》を破壊してのけられるわけがない。

その男が、何故、自分の拳を避《よ》けることができなかったのか。

あれでは、空手か何かの武道の経験のあるただの親父ではないか。

確かに筋は悪くはなかったが、あれほどの強さの者なら、何人もいる。とても、土方元に勝てるような器量ではない。

あれから、どれくらい経《た》ったのか。

半月は過ぎている。

何故、追わなかったのか。

文七はそう思っている。

何故、追わなかったのか。

あの時――

「あんたの勝ちだ、丹波――」

左頬に左手をあてて、姫川源三はそう言った。

確かに、姫川源三は文七にパンチを入れられて、気絶をしている。

それは、間違いがない。

文七は、これまで、頭部に打撃を受けて気絶した者を何人も見ている。

あれがフェイクであったとは思えない。

あの時、確かに源三は気絶をしていた。

それは間違いがない。

「これで気がすんだろう」

そう言って、源三は女の手を取った。

「行こう」

源三は、女と共に歩き出し、文七の前から姿を消した。

それを、文七は追うことができなかった。

背に、声をかけようとした。

追おうとした。

しかし、声をかけることができなかった。

追うことができなかった。

何か、騙されているような気がした。

本当は、もっと強いのに弱いふりをしていたのか？

いいや、そんなに単純なものではない。

しかし、それが何かわからない。

わからないから、声をかけたかったのである。逆にまた、わからないから声をかけることができなかったのである。

どう、声をかければいいのか。

待て——

そう言って、もう一度勝負をするか。

いや、もう一度闘っても、結果は同じであったろう。

文七の勝ち。

源三もそれを認めている。

どういう文句もない。

しかし、まだ、文七の中の何かが収まっていない。

どうしても、騙されたのではないかという思いをぬぐいさることができないのである。

仮に、もし、生命がかかっていたら、源三は本気になっていたろうか。文七の武器が拳ではなく日本刀であったら——

あの時、自分は土方のように姫川源三にやられていたろうか。

結局、ふたりの背が闇に見えなくなるまで、文七は声をかけることができなかった。

小さな路地に入ってゆく。

飲み屋の灯りが、ちらほらと点っている。

もう少し行けば、

〝串丸《くしまる》〟

があるはずであった。

しばらく前に、天人会に電話を入れた。

土方元に会うためである。

〝大阪の天人会だ。いつでもおれを訪ねてこい〟

土方は、文七にそう言って、ポケットに何枚かの万札をねじ込んできた。

その金で喰い繋ぎながら、今日まで過ごしてきたのである。

この間、源三のことが頭を離れることはなかった。

考えまいと思っても、姫川源三と、姫川勉のことを考えてしまう。

胃まで呑み込めない小石。

それが、喉につかえたままになっている。

もう一度、源三に会わねばならない。

会ってどうするか。

そこまでは、まだ考えていない。

もう一度、勝負を挑んでも同じことになってしまうのか。

それとも、殺す気で源三とやるか。

考えている時に、頭に浮かんだのが、土方のことであった。

姫川源三は、まだ、天人会に追われているはずだ。

あるいは、もう捕《つか》まってしまったか。

どちらにしろ、土方に訊けば、そのことがわかる。

ひょっとしたら、まだ姫川源三を捕《とら》えてはいないにしろ、あの男がどういう男であるのか、そのくらいの調べはついているのかもしれない。

それで、天人会に電話を入れたのである。

事務所には、土方はいなかった。

土方の住所も、はっきりとはしていない。

何人かの女のアパートや、ホテルを転々としているらしい。

ただ――

心斎橋にある〝串丸〟という居酒屋には、夕方の早い時間からよく顔を出すことがあるという。

それで、文七はここまでやってきたのであった。

2

軒下《のきした》に、ガラス戸があり、縄暖簾《なわのれん》が掛かっていた。

暖簾の右横に、提灯《ちょうちん》がぶら下がっており、そこに〝焼き鳥・串丸〟と書いてあった。

もう営業しているらしい。

文七は、ガラス戸を開けて、中へ入って行った。

冷たい外気と共に中に入り、後ろ手にガラス戸を閉めた。

狭い店であった。

カウンターしかない。

十人も座ればいっぱいになってしまう店だった。

カウンターの中に、愛想のなさそうな五〇代と見える親父と、二〇代の若い男がいる。

カウンターの一番奥に、土方元がいた。

文七が入ってゆくと、土方は、顔をあげて昏《くら》い眸《め》をむけた。

表情はない。

笑みも浮かべない。

文七を見た――それだけの眼だ。

どういう感情も、その眼には表わさなかった。

土方は、右腕を、肩から吊っている。

古い、色の褪《あ》せた黒い上着を、袖を通さずに肩からかけている。

左手で、猪口《ちょこ》を握り、文七を上目遣いに見つめている。

床からカウンターの縁にかけて、木の杖がたてかけてある。仕込み杖だ。中身は日本刀である。

「隣りに座ってかまいませんか」

文七は言った。

「かまわんよ」

ぼそりと土方は言った。

何も注文しないうちに、カウンターの奥から手が伸びてきて、猪口がひとつ、文七の眼の前に置かれた。

土方が、左手の猪口をカウンターに置き、徳利《とっくり》を持って、それを文七に向けてきた。

文七は、猪口でそれを受けた。

「最初の一杯だけだ。あとは手酌《てじやく》でやってくれ」

低い声で、土方は言った。

文七は、酒を口に運んだ。

もともと昏かった土方の双眸が、さらに昏くなっていた。

「どうしたのかと思っていたぜ」

土方は、つぶやいた。

源三とやりあった後、もどってみたら、もう、土方たちはあの店からいなくなっていた。

タクシーを呼んで、それで出ていったという話であった。

文七も、その翌朝には紀ノ浦町を出てそのままになっており、これまでどういう連絡も土方とはとりあっていない。

「女と姫川源三の居場所はわかったのか」

猪口を置いてから、文七は言った。

「わからん」

土方は言った。

猪口を手にとり、

「しかし、必ず捜し出す」

酒を干して、空《から》になった猪口をカウンターに置き、また酒を満たした。

「丹波、おまえはどうしたんだ」

「やったよ」

文七は言った。

「やった？」

「姫川源三とやりあった」

「素手でか」

「ああ」

「で、どうだったんだ」

「勝った」

「勝った？　あの男にか——」

「勝ったには勝ったのだが、勝ったような気がしていない」

「ほう」

「もしかしたら、おれは負けたのかもしれない」

「どういうことだ？」

問われて、文七は、あの晩にあったことを土方に告げた。

「そうか」

土方はうなずいた。

「おれは、納得《なっとく》していない」

文七は言った。

「おまえもそうか」

「ああ」

「おれもだ——」

土方は、また、酒を口に運んだ。

カウンターの上に、注文もしていない、焼き鳥の載った皿が出てきた。

土方と、土方の客について、どうすればいいか、阿吽《あうん》の呼吸があるらしい。

「確かに、切ったはずだった……」

土方の眸に、青白い炎が燃えている。

「間違いなく切ったはずだった」

土方は歯を噛んだ。

「しかし、刀がやつに当らなかった――」

「当らない？」

「当るはずのものが当らない」

「奴がかわしたのか」

「いいや」

　土方は首を左右に振った。

「かわしてない。少なくとも、おれには奴がかわしたようには見えなかった……」

「――」

「まるで、刀の方が、自然に相手の身体を避けて動いたようだった」

「刀が？」

「おれの意志じゃない。刀が勝手に方向を変えたようだった」

「変えたのか？」

「そんな気がしたということだ。とにかく、おれは、最初は奴の耳をすっ飛ばしてやるつもりだったんだ。それが、はずれた――」

「――」

「はじめてのことだよ。剣を受けられた、かわされたというのなら、おれにはわかる。そういうことは、これまでにも何度かあったからな。しかし、あの時、あそこでおこったのは、そういうことじゃない。おれの知らない何かだ」

「姫川源三には、色々な噂がある」

「祟りのことか」

「そうだ。あの噂は本当のことか」

「地上げをやろうとしていた人間が、交通事故にあったり、水に浮いたりしたってことなら、本当のことだ」

「調べたのか」

「ああ。色々とな」

　調べたとはいっても、土方が直接やったのではない。

天人会の人間がそれをやった。

それによれば、姫川源三は、五年ほど前に、ふらりとあの土地に姿を現わしたのだという。

以前にどこに住んでいたのか、どういう仕事をしていたのか、そういうことは何もわかってはいない。

〝姫屋〟は、源三が大家から借りたものだ。

本来であれば、源三のような風来坊《ふうらいぼう》が店を借りることなどできるものではない。

しかし、源三は、五年前に紀ノ浦町にやってきて、大家に一年分の家賃をまず払ってしまったのだという。

一年たてば、また次の一年分を前払いする。

大家の方にしてみれば、それで問題はない。

「だから、奴が何者かということは、わからないのさ」

土方は言った。

「しかし、他人にものを喰わせる店をやる以上は、調理師の免許が必要じゃないのか。その筋からは調べられなかったのか」

文七は訊いた。

「それが、奴はどうも調理師の免許を持っている人間を雇っていたらしい。あの女——美沙子も水商売の出で、調理師の資格はあったらしい」

土方の言葉で、多少のふたりの関係の構図は見えてきた。

源三は、調理師の資格のある人間が必要だったのだ。その資格は、必ずしも店の持ち主が持っている必要はない。資格を持った人間が調理場にいればいいのである。

おでん屋の親父が、時給で雇った女とできてしまった——そういうことなのであろう。

「祟りの方は？」

「あの店と、問題があった人間で、実際に死んでいるのはふたりだ」

「ふたり」

「ふたりとも、駅裏の開発の件で、何度かもめていた男だ。ひとりは、交通事故で死んでいる」

深夜に、車を運転中、ハンドルを誤って、道路脇の石垣にぶつけ、それで死んでいる。

もうひとりは、女のマンションの部屋で、女の横で死んだ。

朝、ベッドで眼を覚ました女が、一緒に寝ている男の様子がおかしいので、揺り動かしてみたが眼を覚まさない。

身体も冷たいので、何ごとかと脈をとってみたら、もう死んでいたのだという。

死因は、心不全。

交通事故にはあったが生きている人間や、海で水泳中に溺れかけた人間もいるが、ふたり以外は死んではいない。

文七が、店の親父から聴いた話と、細部は違うが、おおむねは同じであった。

これを、祟りと呼ぶのか!?

呼べば呼べるが、偶然の事故と考えれば、それはそれで納得できる部分はある。

しかし、どうにも奇妙なものをその周囲にまとわりつかせた男であった。

女を庇《かば》い、一緒に逃げたのは、女に惚《ほ》れていたからなのか。

それとも他に理由があるのか。

放っておけば、これは女自身のトラブルであり、源三には直接の関係はない。

それを、どうして、土方たちともめるような真似をして、あの土地を逃げ出したのか。

「丹波……」

土方はつぶやいた。

「やるぜ」

低い声で言った。

「やる？」

「あの男と、もう一度やる」

「――」

「その時は、あの男を殺す――」

硬い声で土方は言った。

その時――

入口のガラス戸が開いて、店に不釣り合いの、スーツとコートを着た男が入ってきた。

年齢は、三〇代の後半くらいであろうか。

はじめ、ガラス戸は、ゆっくりと開いていった。

普通に戸を開ける速度の倍以上の時間をかけ、戸が開き、そこからその男が入ってきたのである。

最初に入ってきたのは、まず、視線であった。

首を傾け、暖簾をくぐった姿勢のまま、視線が、ねっとりと店内を眺め回わし、それからおもむろに、自らの視線を追うように身体が入ってきたのである。

外国ブランドのスーツとコート。

その視線は、土方の上で止まっていた。

視線を動かさずに歩いてくると、男は、かなりの手前で足を止めた。

土方が、猪口をカウンターに置き、左手で仕込み杖を握ったのを見たからかどうか。

「土方元さんでいらっしゃいますか」

慇懃《いんぎん》な声で、男は言った。

「あんたは？」

土方は、硬い声で言った。

「失礼しました。鮫島《さめじま》といいます」

「鮫島？」

「覚えはないと思います。お眼にかかるのは初めてですから――」

ちょうど、鮫島は、文七を挟んで土方と話をしている。

　もしものことがあっても、間に他の人間を置いておけば、自分に危害を加えようとするものがたとえ剣であっても、多少はしのげるであろうと判断しての位置関係であった。

　そのことが、文七にはわかる。

「用件は？」

　土方の答は、素っ気ない。

「いろいろと、おうかがいしたいことがあるのです」

「何だ」

「姫川源三氏のことです」

「姫川の？」

「姫川源三をお捜しだそうですね」

「ああ、捜しているよ」

「そのことについて、あなたに色々とうかがいたいのです」

「何者だ、あんた」

「今、申しあげました。姫川源三を捜している者です」

「あんたが？」

「いいえ、正確には、わたくしではありません。姫川源三を捜しているのは別の方《かた》です」

「それで？」

「姫川源三は見つかりましたか？」

　と、鮫島と名のった男は訊いてきた。

「いいや」

「もし、よろしかったら、場所を変えて、ゆっくりとお話をうかがいたいのですが、そういう時間はおありですか」

　問われて、土方は文七を見やった。

「どこなんだい？」

「ホテル大阪ハイアットです」

「そこに、おれの話を訊きたがっている人間がいるんだな」

「はい」

「誰なんだ」

「名前は、申しわけありませんが、わたしの口からは、お教えできないのです」

「へえ」

「土方様が、直接その方にお訊きになって下さい」

「それでいいのかい」

「その方《かた》が、よしと判断されればお答えになるでしょうし、そう思わねばお答えにならないでしょう」

「わかった」

土方はうなずいた。

鮫島を見あげ、

「行こうじゃないか」

そう言った。

「ありがとうございます」

鮫島が、慇懃に頭を下げる。

「しかし、連れがいる」

鮫島は、視線を文七に移した。

「こちらの方でございますか」

「丹波文七だ」

文七は名のった。

「おれも行く」

「かまわないんだろうな。この男も、姫川源三とは因縁があるんでね」

「そういうことであれば、お連れしても問題はないでしょう」

「決まったな」

土方が、左手に仕込み杖を持って、ゆらりと立ちあがった。

文七も立ちあがる。

「勘定を頼む」

土方は、鮫島に言った。

「もちろん」

答えた鮫島の横を通り抜けて、土方と文七は外に出た。

外に出た文七は、

ひゅう、

と口笛を鳴らした。

店の前の路地に、ハイヤーが停まっていたからである。

黒塗りのマーキュリーであった。

ほどなく、鮫島が出てきた。

「どうぞ」

鮫島がうながすと、ハイヤーの運転手が慌てて降りてきて、後部座席のドアを開けた。

文七と土方は、後部座席に乗り込んだ。

ドアが閉まった。

助手席に鮫島が座った。

「では、まいりましょう」

鮫島が言うと、すうっと羽毛のように車が前に動いた。

「おもしろいことになってきたようだな、丹波——」

低い声で土方が言った。

「ああ」

文七はうなずいていた。

3

エレベーターで、最上階まで上った。

四十五階。

地上一五〇メートルに近い。

これより上の階には、客室はない。四十六階、四十七階には、レストラン、料亭、バーが入っているだけだ。

エレベーターホールも絨毯《じゅうたん》も、他の階とは違っている。織りの目が細かく、厚みもある。

エレベーターホールから、廊下へ出るには、ガラスの自動ドアをくぐらねばならない。

鮫島が、先に歩き出した。

丹波文七は、土方元と並んで、鮫島の後方から歩いてゆく。

廊下の右側に、客室のドアが並んでいる。

一番奥の、突きあたりにもドアがあった。

そこまで歩いてゆき、鮫島は、そのドアの前で立ち止まった。

「こちらです」

鮫島は、そう言って、訪問者のためのドアチャイムのボタンを押した。

ドアの向こうに、人の気配があり、ノブが回転して、ドアが内側に開いた。

若い女がそこに立っていた。

和服を着た女であった。

白梅の咲いた枝に雪の積もった絵が、和服の袖や裾にあしらってあった。

土方は、右腕を肩から吊り、左手に握った仕込み杖の中ほどを、左肩の上に乗せていた。

文七は、肩幅もあり、胸も分厚かった。

眼つきも、尋常ではない。

しかし、ふたりを見ても、女は表情を毛ほども変えなかった。

「お待ち申しあげておりました」

静かな声で、女はそう言った。

年齢は、二十七、八歳であろうか。

うながされて、文七は、土方と共に中に入った。

後から入ってきた鮫島が、ドアを閉めた。

そこは――

玄関であった。

靴を脱ぐ場所であり、その奥に、短い、よく磨かれた板の廊下があった。

廊下の正面に、障子戸が閉まっている。

左側が、襖《ふすま》である。

女が、先に立って、襖を開けた。

八畳間。

人は、誰もおらず、八畳の畳の面《おもて》が、ひっそりと、冷たく澄んでいた。

沈香らしい、香を焚《た》く匂いが部屋の空気の中にこもっていた。

その部屋の奥に、また襖があった。

その襖のこちら側に膝を突いて、

「鮫島さまが、おもどりになりました」

そう言った。

「土方さまと、丹波さまを、お連れ申しあげました」

鮫島はそう言って、自ら襖を開き、

「どうぞ」

文七と土方に向きなおり、慇懃な口調で中に入るよううながした。

八畳間——

広さは最初の部屋と同じだったが、違っているのは、その部屋に床《とこ》の間《ま》があったことであった。

床の間には、古そうな備前《びぜん》の壺が置かれ、掛軸が下がっている。

水墨画であった。

雪を被った山の間に、一本の川が流れている。川の面には、一艘《いっそう》の舟が浮かんでいて、対岸へ渡ろうとしているのだろうか、蓑《みの》を着て笠を被った男が竿を差している。

雪は、その男の笠にも蓑にも降り積もっている。

枯れた、深い味わいのある山水画——普通であれば、そのように見えるはずのものであった。

しかし、それには、ただ一ヵ所、色が使用してあったのである。普通であれば、黒と白——筆によって生み出された墨の濃淡のみで描かれているはずの画面の中に、ただ一ヵ所だけ、赤い色が描かれていたのである。

舟であった。

舟――竿を差している船頭の後ろに、女が乗っているのである。武家の女であろうか。女は、半分仰向けになるようにして、船縁《ふなべり》に頭を乗せていた。髪は乱れ、髪の先は水の流れに触れている。

一方の腕が、外へ垂れ、袖が船縁に引っかかっているのか、肘の上まで白い腕が露わになっている。その女の着ている着物が、赤なのであった。

鮮やかな赤。

実際によく見れば、それは真紅ではなく、朱色に近い色あいのものであったが、その水墨画の中でみると、ことさらに赤く、際立って見えた。

しかも、その女の唇からは、血が流れているではないか。

舟は、女の屍体を対岸に運ぼうとしているのか。

全体の絵の雰囲気から言っても、まず、山と川と船頭のいる元の絵があり、その上に、後から別の人間が女の絵を描き加えたのだろうということがわかる。

その軸の下がった床の間の前に、ひとりの男が座していた。

男――老人であった。

小さい。

座しているから小さいのではなく、おそらく、立っても身長は一五五センチくらいのものであろう。体重は、四十二キロもあるだろうか。

痩《や》せていた。

長い白髪を、ポニーテールにして後方で束ね、背へ流している。

顔は、皺《しわ》だらけであった。

八〇歳を、どのくらい超えているのだろうか。

背が曲がっていて、鶴のように細い頸《くび》の上にある頭部が、前にちょこんと突き出ていた。

奇妙であったのは、その老人が着ているのが和服ではなかったことだ。

Tシャツを着ていた。

派手な黄色のTシャツを着て、半ズボンを穿《は》き、分厚い紫の座布団の上に正座をしているのである。

膝小僧が見えている。

Tシャツの袖から出ている細い腕が左右の膝まで伸び、その上に左右の手が乗せられていた。

老人の前に、脚が一本の書見台《しょけんだい》が立っていた。

文七たちが入ってくるまで、老人はその書見台で本を読んでいたらしい。

老人は、皺に埋もれてしまいそうなほど、眼を細めて、入ってきた文七と土方を眺めていた。

なんとも優しい——しかし、どこか冷えびえとするような温度の笑みであった。

奇妙な老人であった。

ホテルの、客室最上階に、このような和室があるのはいいにしても、客のために、床の間の絵や、書見台まで、揃えておくものだろうか。

「その絵に興味があるのかね」

老人が、文七に声をかけた。

床の間の掛軸に眼をやっていた文七の視線に気づいたのだろう。

「雪舟《せっしゅう》だよ」

老人がつぶやいた。

雪舟——室町時代後期の画僧である。

遣明船で明に渡り、そこで水墨画を学び、日本に帰国した。

どの絵にしろ、もしオリジナルがあるのなら、それは国宝級のしろものである。

「このホテルのものじゃない。掛軸も、壺も、このわたしが、家から持ってきたものだ」

「この、舟にいる女性は——」

文七は、思わず訊いていた。

「わたしの知っている人物が、こともあろうに、雪舟の絵の上にいたずらがきをしたのだよ。もっとも、そのいたずらがきが気に入って、こうして時おり出先にまで持ってくるのだがね」

　こともなげに、老人は言った。

　文七と土方を見つめ、

「お呼びだてしてすまなかった。まあ、座りたまえ。土方くんを呼びにやらせたのだが、丹波くんまで一緒というのはありがたい……」

　長年の知り合いのような、くつろいだ口調で言った。

　女が、最初の部屋のどこかを開けて、そこから持ってきた座布団を二枚、出してきた。

　文七と、土方は、その上に座した。

　土方は、胡坐をかいた。

　文七は、その上に正座をした。

　足が痺《しび》れぬように、足首から先が、布団の後方にこぼれるように座った。

　土方は、座布団の左側に、仕込み杖を置いた。

「自分の名前を、知っているのですか」

　文七は訊いた。

「鮫島から、丹波文七も一緒だという連絡をもらったからね。我々は、土方くんもそうだが、君のことも捜していたのだよ」

「おれのことを？」

「姫川源三に会ったことがあるんでしょう？」

「ええ」

「我々は、故あって、あなたたちが会った、姫川源三という人物を捜していたのです。そこへ、天人会の土方先生が、姫川源三という男を捜しているという話が入ってきた。どういうことかと調べてみたら、土方先生は、昨年末に、紀ノ浦町で姫川源三と会っているらしいということがわかった――」

　老人は、さぐるような眼で、土方を見やった。

　その眸は、まだ、楽しそうに細められている。

「その時、丹波文七という男も一緒だったということもわかったのです。それで、我々は丹波くんも捜していたのです。こうやって、おふたりと同時に会うことができて嬉しく思っておりますよ」

「おれたちに会って、どうしたいんだ」

土方が、ぼそりと訊ねた。

「姫川源三と何があったのか、そのあたりのことを、おふたりに、詳しくうかがおうと思いましてね」

「何のために？」

顔を伏せぎみにしていた土方は、上目づかいに老人を見やった。

「いや、そのことなんですが――」

老人は、申し訳なさそうに頭に手をやり、

「それはちょっと言い難いことなんですが、申しあげられないのですよ」

後頭部を掻いた。

「何故だい？」

「いや、それも言えぬのです」

老人は言った。

「わざわざ、お呼びしておきながら、たいへん失礼なことに、この件については、わたしの名も言えぬし、何故、我々が姫川源三を捜しているかも言えぬのです」

「へえ……」

「そういうわけで、この部屋には、鮫島の名でいつもチェックインしているので、フロントで訊いていただいても、わたしの名はわからぬようになっているのです……」

老人の眼が笑っている。

その顔を近くで眺めていると、どういうわけか、ぞくりと、文七の背の体毛が立ちあがりそうになる。

「ところで、土方先生は、姫川源三と、やりあったそうですね」

「ああ――」

低い、こもった声で、土方はうなずいた。

4

「なるほど……」

老人は、うなずいた。

「土方先生の場合は、刀の刃で姫川源三に触れることもできなかったのに、丹波くんの拳は、姫川源三に当ったということですね」

老人は、言った。

土方と文七から、あの日、何があったのかを聞かされたばかりであった。

それを聴き終えてから、老人がまたしゃべりはじめたところであった。

「それから、姫川源三の足どりはつかめましたか？」

老人が訊いてきた。

「何も」

土方が答える。

「それは弱りましたなあ」

「あんたたちの方は、あの男が今どこにいるか、見当もついていないのかい」

「ええ。ですから、こうして、お訊《たず》ねしているのですよ」

老人が、そこまで言った時、女が盆を両手に持ってやってきた。茶托《ちゃたく》に乗せた湯呑みを、文七と土方の前の畳の上に置いた。

そこから、茶のよい香りを含んだ湯気が立ち昇っていた。

次に、老人に茶を出し、頭を下げてさがっていった。

「ま、軽く喉でも湿らせて下さい」

老人は、右手を伸ばし、湯呑み茶碗を手に取って、それを口に運んだ。

土方と文七も、手を伸ばして湯呑みを手に取った。

最高級の玉露——

飲み終えた後も、香りの高い甘みが口の中に残った。

「あなたたちに、お願いがあります」

文七と土方が、湯呑みを置くのを待って、老人が口を開いた。

「この後、もしも、姫川源三の行方について、何か知ることがあったら、ぜひ、私どもに御一報をいただきたいのです」

「一報？」

訊いたのは、土方であった。

「ええ。鮫島の携帯の番号をお教えしておきます。そこへ——」

「気にいらねえな」

尖った声で土方は言った。

「何がです？」

「こっちから、そっちへ情報が一方通行だってことがさ。そっちが姫川源三を見つけたら、こっちへは連絡をもらえるのかい」

「わたくしどもの用事がすべてすみましたならば、あるいは——」

「用事？」

「はい」

「どういう用事なんだ」

「残念ながら、それは申しあげられないのです」

「そこが、気に入らねえってことだ」

「いや、失礼。報酬について、お話しするのを忘れておりました——」

老人は、視線をふたりの背後に移し、

「鮫島——」

低く声をかけた。

「はい」

うなずく声がして、鮫島が、膝でこちらへにじり寄ってくる気配があった。

鮫島が、老人と文七たちふたりの間に座した。

鮫島の手に、厚みのある封筒がふたつ、握られていた。

「失礼ですが、これを——」

鮫島は、その封筒をひとつずつ、文七と土方の膝先の畳の上に置いた。

厚みからすると、封筒ひとつに百万円からの金が入っているように見える。

「気にいらないね」

そう言ったのは、今度は文七であった。

「こういうやり方は、おれの好みじゃない」

膝先の封筒に手を乗せ、鮫島の方へ押しやろうとした。

その手を止めたのは、土方であった。

「もらっておけ、丹波」

仕込み杖を左手で握り、鞘《さや》の尻の部分で、文七が動かそうとした封筒を、上から押さえた。

文七の手が止まったのを確認してから、土方は、仕込み杖をもとのように座布団の左側に置いた。

「もらっておく」

土方は、左手で封筒を取りあげ、それを上着の内ポケットに入れた。

文七の前に、ぽつんと押し返しそこねた封筒が残っていた。土方は、その封筒に手を伸ばし、持ちあげて文七の革ジャンパーのポケットにねじ込んだ。

文七は、動かない。

「もらってはおくが、気に入らんというのは、おれも丹波と同じだよ」

土方は言った。

老人を見やり、

「これは、今日の分ということだ」

そう言った。

「では、先ほどの約束は？」

「まだ、どういう約束もしちゃいねえよ。あんたたちが、姫川源三を捜している理由を教えてくれるんなら、考えてもいいがな」

「弱りましたね」

老人は、まだ笑みを絶やさずに頭を掻いた。

「では、こうしましょう」

老人は、何か楽しいことでも思いついたように、言った。

「何だ」

問われた老人は、右手で、自分の眼の前にあった書見台を、右側へずらした。

「ここに、まだ飲みかけの茶があります」

老人は、手を伸ばし、右手の人差し指と親指でその縁《ふち》を持って、上に持ちあげた。

「この残りの茶を、こんな風に持ちあげてこれから飲みます」

「それがどうした」

「あなた、剣のお腕前は、なかなかのものなのでしょう？」

「――――」

問われた土方は、無言であった。

問うた老人の真意を計ろうとするように、老人を見つめている。

老人の眸は、あいかわらず細められたまま笑っている。

老人は、湯呑みを茶托にもどし、

「どうです、賭けませんか」

そう言った。

「賭ける？」

「今のように、わたしが、茶碗を手に取って茶を飲みます。茶碗にわたしが口をつけるまでの間に、あなた、その剣で、この茶碗を切ることができますか」

「――」

「あなたは、剣をそこに置いたままの状態で、わたしはほれ、このように両手を膝の上に置いた状態で――」

　老人は、両手を膝の上に置いた。

「あなたから先に動いてもかまいません。わたしが、茶碗を手に取る前に、茶碗を切ってしまってもかまわないということです」

「それで？」

「もしも、あなたが、わたしの唇が触れる前に茶碗を切ったら、あなたの勝ちです」

「――」

「その時は、何故、我々が姫川源三を捜しているかを教えましょう」

「できなかったら？」

「先ほど、わたしのお願いしたように、姫川源三について、何かわかったら連絡をいただくということでどうでしょう。もちろん、今、差しあげた封筒の分は、お帰りの際のお車代ということで結構です」

「わかり易い話になってきたな」

「見たところ、右手は使えそうもありませんが、よろしいですか」

「左手で充分だよ。そのくらいのことならな――」

「これなら、気に入ってもらえますか」

「気に入ったよ」

「気に入ってもらえて嬉しいですよ。しかし、あなたは、この茶碗を切ることはできませんよ。たぶんね」

「無理に変な動きをすると、その手を切ることになるかもしれないぜ」

「変な動きはいたしません。ただ、わたしは先ほどと同じ動作で茶を飲むだけですから」

「わかった」

「では、やりましょうか」

老人は言って、両手を膝に置きなおし、文七たちが部屋に入ってきたのと同じ姿勢になった。

首を軽く前に出し、眸を細めて、前の畳の上にある茶碗を見つめた。

もう、その眸は土方を見ていない。

茶碗だけを見ているように、文七には見えた。

どのような気配も、老人からは感じられなかった。

老人が、手を伸ばし、茶碗を手に取って口に運ぶ——これだけ考えると、老人の方が手の動く距離が短い。

老人の方が有利に思える。

土方の方は、剣へ手を伸ばし、柄《つか》を握り、抜き放ってから切りつけねばならない。

さらには、左手だけで、その動作をせねばならない。左手で柄を握って、振るだけでは、刃は鞘から出てこない。

普通は左手で鞘を握り、右手で抜く。

しかし、右腕を負傷している土方にはそれはできない。

どうやって抜くのか。

いったん左手に柄を握り、強く振って止めれば、鞘は空中で抜ける。しかし、その動作の後で切りつけるのであれば、完全に遅れてしまうことになる。

文七は、土方が剣を操る時の速度を知っている。

神懸《かみがか》り的な速度が土方の剣にはある。

老人の方は、距離が短いとはいっても、畳の上にあるものを手に取るだけの勝負ではないのである。

湯呑み茶碗を手に持って、口に運ぶのだ。

手を前に出した速度をゆるくせねば、茶がこぼれてしまう。

いや、こぼれてもいい。

それは、今、ふたりがかわしたルールの中に入ってはいないからだ。しかし、中の茶がこぼれていいにしても、口の前で持ってきた茶碗を止めねばならない。速度をゆるくして止めねば、顔に茶碗が当ってしまう。

それを考えると、勝負の行方は見えなくなる。

さらに言えば、土方の手元が狂うかもしれない。

土方の剣が、老人の手を傷つける可能性は充分にある。

指や手首を切りとばされることもあるかもしれないのだ。

そういう、精神的なプレッシャーの中で、老人は茶を飲むことになる。

これは、難しい。

土方が、剣を抜く動作と、切りつける動作を、ひとつの動作の中でやれるのなら、充分に土方に分《ぶ》がある。土方は、剣を止める必要がない。抜き放ち、横に振るだけでいいのである。

しかし、老人は、別のことを考えているかもしれない。

茶碗を手に取る動作で、中に残っている茶を土方の顔にかける——それで、一瞬、土方の動きを遅くしておいてから、茶碗を口に運ぶ。

しかし、そんなことをしたら、逆に土方の動きに狂いが生じて、腕をざっくりと切られてしまう可能性さえあるのだ。

この老人、事態をどこまで認識できているのか。

土方という男の剣の腕前について、どこまでわかっているのか。

文七は、呼吸を細くし、視線だけを動かしてふたりを見た。

土方も、靴下を脱ぎ、正座をして、両手を膝の上に置いている。

どちらが先に動くのか。

心臓が、強い音で鳴っているのがわかる。

土方が、眠そうな眼で、老人の眼を眺めている。

老人は、茶碗を眺めている。

双方、互いに相手の呼吸を計っているようにも見える。

先に動いたのは、老人であった。

右手が、右膝から離れ、すうっと前に動いた。

どういう予備動作もなかった。

確かに動きとしては疾《はや》い。

疾いがしかし、夢中で手を伸ばしたのとは違う。

初動こそわからなかったが、眼で追えぬ疾さではない。

後からでも、充分に追うことができる疾さであった。

自分なら——

ゆとりをもって、待つ。

湯呑みが上に持ちあがり、ちょうどいい高さになったところで、拳で打つ。

正座——というかたちは不自然ながら、湯呑みを持った手を、横に振って逃げるのならともかく、茶を飲むのであれば、まず当てることができる。

土方も、動いていた。

最初から、浅く尻を浮かせていた土方は、同時にふたつの動作をしていた。

左膝を突いたまま、左足を横に動かして、左足の親指と人差し指ではさむように鞘の上にそれを乗せていた。

その時には、もう、左手で仕込み杖の柄を握っていたのである。

逆手だ。

「しゃっ！」

鋭い呼気が、土方の唇から洩れた。

抜き放つのと同時に切りつけていた。

ただふたつの動作で、土方は宙に持ちあがってゆく茶碗に向かって切りつけていたのである。

ほぼ、間違いなく、宙で、茶碗が上下のふたつに断ち割られるタイミングであった。

ところが――

土方が抜き放った剣は、茶碗には当らずに空気を切っていた。

持ちあがってゆく茶碗の底すれすれを、土方の剣の刃が、凄い勢いで横に疾《はし》り抜けていた。

「ぬうっ」

振りきった刃を宙に跳《は》ねあげて、土方は片膝立ちになり、その切先が、さらに宙を移動してゆく湯呑み茶碗を追った。

その切先が、途中で止まった。

もう、老人が、茶碗を唇に当てていたからである。

老人が、土方が宙で止めた刃の下で、うまそうに茶を飲んだ。

ゆっくりと、茶碗を茶托の上にもどした。

「わたしの勝ちのようだね」

老人は、まだあの笑みを浮かべている。

土方は、膝立ちになり、抜き放った剣を手に持ったまま、唖然《あぜん》として剣を握っている手元を見つめていた。

「わからん。何故だ。確かに切ったはずなのに……」

土方はつぶやいた。

その通りだった。

切りつけるタイミング、速度――文七もまた、土方の剣が、間違いなく湯呑みを直撃すると思っていたのだ。

それが、はずれた。

剣が、空を切った。

文七もまた、その理由がわからない。

老人は、ただ、手を伸ばし、湯呑みを持って茶を飲んだ。

それだけの動作をしただけである。

どこで、土方の動きを読み、そのタイミングをずらせたのか。

　それがわからない。

「同じだ……」

　土方はつぶやいた。

「姫屋の親父に切りつけた時と同じだ……」

　土方は、老人を見やった。

　あの時も剣は空を切った。

「おまえら、何者だ!?」

　低い声でそう言った。

「ただの爺《じじ》いですよ」

　笑みを浮かべたまま、老人は言った。

「これで、お約束通りということでよろしいですかな」

　老人は、土方を見た。

　土方は、無言であった。

「待て――」

　そう言ったのは、文七であった。

「おれの方は、まだ、どういう約束もしちゃいないぜ」

　硬い声であった。

「と、おっしゃいますと？」

「まだ、茶が残っている」

　文七は言った。

「茶が？」

「今度は、おれと賭けをしようじゃないか」

「――」

「あんたが残った茶を飲む。それをおれが、拳で打つ」

「ほう」

「あんたが、茶を飲む前に、おれが茶碗を拳で割ったら、おれの勝ちだ。それができなければ、あんたの勝ち、それでどうだ？」

「かまいませんが、結果は同じです」

「同じ？」

「あなたの拳は、この茶碗には当らないだろうということです」

老人は、文七を見ながら言った。

「やってみなければわからん」

「ではどうぞ」

老人は、また、両手を膝の上に置いた。

文七は、身体を動かし、老人の前に正座をした。

畳の上に、じかに座った。

ちょうど、自分と老人との中間に、茶の残った湯呑み茶碗が置かれている。

文七は、老人の顔を見ながら、両手を膝の上に置いた。

呼吸を整え、

「いつでもいい」

そう言った。

「はい」

老人は、小さくうなずいた。


いつ老人が動いてもいい――

そういうつもりで気息を整える。

リングの上で、あるいは試合場で、相手と向き合う時と同じだ。

あの場合は、どういうパンチがくるかわからない。

どういう蹴りがくるかわからない。

タックルか、頭突きか。

様々な可能性の中にいる。

しかし、今回は、相手の技は限定されている。

右ストレート。

そのストレートを、はらうだけのことだ。

ただ、いつ、その右の拳が打ち出されてくるか、それがわからないだけだ。

だが、わからないというのなら、リングの上だって同じである。技がわかっているだけ、今の方が分がいい。

文七は、そういう発想をしている。

老人は、静かに茶碗を見つめている。

こちらを見ていない。

さきほどと同じだ。

どういう殺気もない。

強い気配もない。

しかし、ことさらに気配を断《た》っているわけでもない。

腕の前に老人がいて、静かに呼吸をしている。

眼で見たままの気配があるだけである。

土方とやった時には、ただ、老人は無造作に手を伸ばし、無造作に茶を飲んだ——それだけのように見えた。

他に、よけいなことは何ひとつとしてやってはいないように見えた。

拳でやっても、自分のタイミングでは、あの茶碗を叩き落とすことが可能であった。頭の中のシミュレーションでは、それができている。

何故、土方がはずしたのか、わからない。

何かの武道をやっているのか。

それとも、武道とはまた別の身体技術を身につけているのか。

土方にも文七にもわからない術理をこの老人が身につけていて、それに、土方は敗れたのか。

土方は、同じだと言った。

姫川源三に切りつけた時と同じだと。

文七も、姫川源三とは闘っている。

なるほど、向き合った感じは、素人《しろうと》ではなかった。

そこそこの闘いの場数を踏んでいるように思えた。動きも悪くはなかった。

しかし、特別な動きではない。

現に、自分のパンチは、姫川源三に当っているのである。

この男に、どうして、土方の剣が通じなかったのか、不思議なくらいであった。

この老人に対してはどうか。

土方の剣は空を切った。

自分の拳はどうか。

空を切るか、茶碗を打つことができるか。

勝負は、一度だけだ。

二撃目はない。

最初の一撃を、確実に当てる。

ルール上は、こちらが先に動いてもいいことになっている。

そうしてもいい。

茶碗に手を伸ばし、それを持つという動作よりも、拳で打つ方が疾いに決まっている。

何も、真横から正拳を当てなくたっていいのだ。

斜め上から、茶碗に拳を打ち下ろしたっていいのだ。

何も、老人の動きを待つ必要はない。

静かに呼吸を繰り返しながら、胆《はら》を決めた。

膝に乗せた手を、すっと前に滑らせて、茶碗を打てばいい。

よし。

文七が、そう思った時——

老人の右手が動いていた。

どういう予備動作もなかった。

文七が気がついた時には、もう、老人の右手は、すうっと茶碗と膝との距離の半分以上を動いていた。

慌《あわ》てるな。

文七は、瞬時に判断をした。

老人の右手が茶碗を握り、上へ持ちあげる——

その時に——

老人の右手が、茶碗を持ちあげる——

〝今だ〟

文七は、膝から右手を滑らせて、拳を放った。

正拳を当てるというよりは、フックぎみに、拳の先でひっかけるような動きだ。

確実に、自分の拳が、茶碗を捕えたと思った。

しかし——

文七の拳は、空を切っていた。

持ちあげた——そのように文七には見えた。

老人の右手が、湯呑みを持ちあげたように見えたのだ。

しかし、老人の右手は、湯呑みを持ちあげてはいなかった。老人の右手は、湯呑みに触れ、それを握っただけであった。

湯呑みの上を、文七の拳が疾り抜けた。

文七の拳が横に疾り抜け、あいた空間にすうっと茶碗が浮きあがってきた。

「ちいっ」

体勢をたてなおし、文七は、流れた拳で宙に円の軌道を描いた。

裏拳で、持ちあがってゆく湯呑みを追った。

文七は、その裏拳を途中で止めていた。

もう、老人が湯呑みの縁に唇を当てていたからである。

これを、正面から打っては、老人に怪我をさせることになる。

茶を飲み干し、

「さ、空になりましたよ」

老人は、とん、と茶碗を茶托の上にもどした。

文七は、唖然としたまま、自分の拳を見つめていた。

「わたしの勝ちですね」

老人は言った。

5

文七と、土方は、雑踏の中を歩いていた。

梅田の地下街——

前から歩いてくる人間たちは、一様に、向こうからこのふたりを避けてゆく。

身体が触れ合わぬようにすれちがってゆくのである。

異様なふたりと言えた。

文七も、土方も、無言であった。

無言で歩いてゆく。

ホテル大阪ハイアットを出てから、十五分は過ぎている。

この十五分、ふたりはほとんど口を利いていない。

それぞれ、ポケットには、百万円の札束の収められた封筒が入っているが、そんなことはふたりの脳裏からは消えている。

何故か？

文七は思っている。

何故、当らなかったのか。

自分の拳が、どうして空を切ってしまったのか。

これが、もしも、生命をかけての闘いであったらどうなっていたか。

自分の拳が空を切った瞬間に、眼を突かれたら。

あるいは、睾丸《こうがん》を蹴り潰されたら。

自分の負けだ。

あの老人に殺されているだろう。

相手が、スウェーで自分の拳をかわした。

頭を沈めてそれを流した。

パリで払った。

そういうことならいい。

何故、拳が当らなかったのかがわかっているからである。

しかし、それがわからないのだ。

土方も、同じ思いであろう。

いったい、どういう術理に敗れたのか。

松尾象山を、相手にした時とは、まったく別の畏怖の念が、こみあげてくる。

勝てるか、あの老人に――

身長は、一五五センチ前後だろう。

体重にいたっては、この自分の半分以下であろう。

その老人と闘って、どのように勝ったらいいのかが思い浮かばないのである。

いったい、何者なのか。

どういう理由で、姫川源三を捜しているのか。

文七は、歯を嚙んでいる。

歯を軋らせて歩いている。

と――


「ちょっと、あんたたち――」

後ろから声をかけられた。

男の声だ。

文七と、土方は立ち止まった。

振り返るまでもなく、ふたりの前に、ひとりの男が回わり込んできた。

ひょろりと背の高い男だった。

身長は、一八〇センチほどもあるだろうか。

文七よりは低いが、土方よりは高い。

よれよれのコートを着ていた。

あまり櫛《くし》を入れているようには見えない髪が、額にかぶさっている。

前を開けたコートの内側に着ているのは、茶系の上着だ。これも新しくはない。かなり長い間着込んだものらしい。

履《は》いている革靴も、靴底が斜めに擦り減っていて、皺が深い。

「あんたたち、ハイアットから出てきたんだろ?」

そう言った。

年齢は、三十五歳前後だろうか。

煙草をよく喫《す》うのか、歯がヤニで汚れている。

「尾行《つ》けてきたのか」

土方が低い声で言った。

男はうなずいた。

「鮫島って男と一緒に入ってゆくのを見たけど、四十五階に行ったのかい?」

男は言った。

6

「なんだと!?」

土方の眼が、すうっと細くなり、半分閉じられたようになった。

「怖い顔をしないで下さい」

男の口調が、急に丁寧《ていねい》になった。

しかし、その言葉の響きの中にも表情にも、怖がっている様子はない。

どこかとぼけた男であった。

腕が立つ——

というよりは、こういうことの場数を踏んでいるらしい。

顔つきにも、口調にも、どこがどうというのではないが、愛敬がある。

男の言う通りであった。

確かに、四十五階に行って、そこで奇妙な老人と会ってきたのだ。

〝なぜ、そんなことを知っているのか——〟

だが、そう問うわけにはいかない。

問えば、四十五階に行っていたことを肯定してしまうことになるからである。

今のところはまだ、男の言うことを肯定も否定もしないのがいい。

　そのくらいは、土方も心得ている。

「おまえ、何者だ」

　土方は言った。

「失礼」

　悪びれることなく、あっさりと男は頭を下げ、

「宇田川《うだがわ》論平《ろんぺい》といいます」

　名をなのった。

「宇田川？」

「ライターをやってます」

「ライター？」

「雑誌に記事を書いてるんですよ。あっちこっち取材をして、原稿を書いて金をもらってる」

「金になりそうなところへ出かけて行っちゃあ、人のいやがることをほじくり出して、それを金にしてるんだろう？」

　土方が言うと、

「そうじゃないライターもいっぱいいますがね、おれは、今あなたの言った人のいやがることを金にしてるタイプです」

　はっきりと宇田川は言った。

「おれたちから、銭の臭いがしたってわけか——」

「まあ、そういうわけです」

「ホテルを出た時から、ずっとついてきてたってことだな」

「少し、話を聴かせてもらえませんか」

「話？」

「四十五階でした話をですよ」

「四十五階に行ったなんて、まだ、おれたちはひと言も言ってねえよ」

「行ったに決まってます」

「どうして断言できるんだ」

「鮫島と一緒に、エレベーターに乗ったじゃありませんか。あの男がここにいる時は、四十五階にあの

爺さんがいるってことです」

「――」

「あの鮫島が、このホテルで行くところといったら、たとえ、連れが誰であれ、何人であれ、あの爺さんのところしかありません」

「何者なんだ、あの鮫島ってえのは」

土方が、声を潜《ひそ》めたまま訊いた。

「あなたたちが会った爺さんの秘書みたいなことをやってる男ですよ」

もう、すっかり、宇田川という男は、文七と土方があの老人に会ったことを前提として話をしていた。

「その気があるんだったら、いかがですか。適当な店に入って、ゆっくり話でもしませんか」

「話?」

「もしも、あなたたちが、姫川源三という名前に興味があるんなら、それほど退屈な時間にはならないと思いますがね」

「なに!?」

土方の言葉が、錆《さ》びた包丁のようにその口から出てきた。

「行こうじゃねえか」

土方は言った。

「おれの奢《おご》りでいい。そのかわり、おまえの知っていることをみんな教えるんだ。その話が気に入ったら、おれの知っていることを、おまえに教えてやる」

「みんなは話せませんよ。こっちは、こっちの飯の種の話をするんですからね」

「わかった。おまえが話したいことはてめえで決めりゃいい」

そう言って、土方は、それまで黙って成りゆきを見守っていた文七に、視線を送ってきた。

一緒に来るんだろう?

そういう視線であった。

そのまま、土方は歩き出した。

どこか、近くに手頃な店のあてがあるらしかった。

文七と宇田川は、並んで土方の後を追った。

7

〝可南子《かなこ》〟

そういう名前の小料理屋であった。

縄の暖簾をくぐり、戸を開けて、

「二階は空いてるかい」

土方が言うと、カウンターの中にいた、割烹着《かっぽうぎ》姿の女がこちらを見た。

身体つきは華奢《きゃしゃ》で細いが、瞳の大きな、柔らかそうな唇をした女だった。

年齢は、やっと四〇代になったかどうかというところだろう。

不思議な色気があった。

一瞬、肩から吊った土方の右腕に眼をやったが、それについては何も言わずに、

「空いてるわ。上がって待っててくれる」

女はそう言った。

カウンターの中には、もうひとり、やはり身体の細い男がいて、しきりに包丁を使っていた。

すでに、カウンターの席は客で埋まっていた。

そこそこは、はやっている店らしい。

「行こう」

土方は、靴を脱ぎ、自分が先になってカウンターの手前にある階段を上っていった。

宇田川論平を先にゆかせ、文七はその後に続いた。

上りきった右手側に、短い廊下があった。

廊下を覗くと突き当りがトイレで、左側に障子戸

があった。

障子戸は開いていた。

六畳間。

奥に床の間があり、備前風の壺が置かれ、椿が一輪挿してあった。

欅《けやき》らしい座卓が六畳間の中央にあって、その向こう側に、もう、土方が座していた。

文七は、土方の横に座した。

宇田川論平が、文七と土方のふたりと向きあうかたちで、障子戸を背にして座した。

「酒かビールか、それだけ決めてくれりゃいい。他は、適当に出てくる」

土方は、抑揚を殺した声で言った。

8

「姫川源三の名前を出していたな」

土方は言った。

すでに、酒が運ばれていた。

銚子《ちょうし》が人数分の三本。

手酌である。

「なんだか、その名前がよほど気になるみたいですね」

宇田川は、猪口に自分で二杯目の酒を注ぎながら言った。

「東《あずま》製薬って、知ってるかい？」

宇田川が訊いた。

「名前は知っている」

土方は、まだ、卓の上に、一杯目の酒が入った猪口を置いたままにしている。

大阪に本社のある有名な製薬会社だ。

テレビのコマーシャルもやっている。

製薬会社としたら、日本で五本の指に入る企業である。

「細かいことは、省《はぶ》きますけれどね、その東製薬が、十年くらい前に、ちょっとしたトラブルを起こしたんですよ」

「トラブル？」

「表立ってはいないらしいんですけどね。新聞ネタになったりしたら、東製薬としては、かなりやばい件だと思って下さい」

「何なんだ？」

「それは、言わせないで下さい。どうしても必要だって言うんなら言いますが、わたしの仕事の大ネタですから――」

「まあいい。続けろ」

　土方は言った。

「表面には出なかったんですが、内部的にはかなり問題になった。これが表面化したら、エイズ事件で話題になった、血液製剤の薬害問題くらいには発展するかもしれない」

「――」

「しかし、表面化はしなかった。内部で、うまくおさまりがついたんです。しかし、問題がひとつ、もちあがった」

「問題？」

「内部の人間がね、そのやばい資料を、外へ持ち出して行方をくらましてしまったんですよ」

「ほう」

「その人間が、もしかしたら、東製薬を脅してるんじゃないかと思ってるんですがね」

「誰なんだ？」

「東製薬の社長、東陣一郎の弟です」

「――」

「それが、姫川源三です」

　宇田川は言った。

　ようやく、ここで土方は一杯目を飲んだ。

　文七は、黙ってふたりの話を聴いている。

どうも、何かが妙だった。

〝姫川〟という名前が、宇田川の口から発せられるたびに、文七の脳裏に浮かぶのは、姫川勉の顔であった。

〝姫川勉を知っているか〟

文七は、姫川源三に初めて会った時にそう訊いている。

〝知らんね〟

姫川源三はそう答えている。

しかし、それは本当なのか。

世の中に、同姓の者はたくさんいる。

姫川を名のる人間に、ふたり出会ったからといって、そのふたりの血が繋がっている必要はない。

しかし、〝姫川〟という言葉の響きを耳にするたびに、姫川勉という名前が浮かんでしまうのはしかたがない。


姫川——

どうしているのか。

あの男の、赤い唇の端に浮いた笑みが頭から離れない。

あの笑みに、自分は、恐怖したのである。

「しかし、姫川と東と、姓が違う」

「まあ、それについては、おいおいにお話しします。まずは、東製薬の社長のことから話を進めましょう」

「おれたちが、今日会った、四十五階の爺いが、東陣一郎だってえのか」

土方が言った。

「やっと認めていただけましたね」

宇田川が、にいっと愛敬のある笑みを浮かべた。

「どうなんだ?」

「違います。おふたりが会ったのは、東陣一郎ではありません」

「誰なんだ」

「東製薬の、ドン――」

「――」

「東陣一郎と、姫川源三の父親――東治三郎《じさぶろう》です」

「なに!?」

「さっき、東陣一郎が東製薬の社長と言いましたがね、実権は今言った東治三郎が握っています。東陣一郎の名前は、ある事情があって、ただの飾りみたいなものです」

「その事情ってえのは?」

「病気でね、身体の自由が利かない。移動は車椅子」

「ほう」

「で、東の家というのが、なかなか複雑でしてね」

「何だ」

「この姫川源三、さっきも言いましたが、東の血を引いてないんです」

「どういうことだ」

「養子です」

「――」

「東治三郎のひとり娘――東陣一郎の妹、東文子の婿《むこ》養子ということになります。さきほどは、もったいぶって、姫川源三は、東陣一郎の弟だと言ったりしましたが、これは、義理の弟ということです。東治三郎は、姫川源三の、義理の父親ということになります――」

「――」

「でね。この東文子というのが、治三郎の正妻の子ではないのです。内縁の妻とでもいいますか。それとも、愛人とでも言いましょうか。東治三郎の妾の娘なのです。正妻の東竜子の死後に、この愛人と娘の文子を正式に籍に入れたのです。ですから、東陣一郎と東文子は、義理の兄妹であり、歳も離れています。文子も、文子の母親も、すでに死んでいて、東文子の夫であった東源三も、あまり居心地がよくなかったんだと思いますよ」

「それで、家を出たのか？」

「ええ」

「――」

「出る時に、自分の籍を抜いています。もったいないと言えば、もったいない話です。養子とはいえ、放っておけば、いずれ治三郎の死後に、財産がかなり転がり込んでくるはずですからね」

「東源三が、姫川姓にもどったということだな」

「そうです」

宇田川は答えた。

話の間に、〝可南子〟のおかみが、料理を運んでくる。

それを、適当に腹に収めながら、宇田川の話を聴いている。

「東源三――姫川源三と文子の間に子供はいなかったのか？」

訊いたのは、文七であった。

「いましたよ」

「男か、女か」

「息子ですよ」

「その息子はどうしたんだ」

「源三が、東家を出たのは、たったひとりです。籍をどうしたかはわかりませんが、源三の息子は、東家に残ったはずです」

「名前は？」

「ええと、たしか……」

「勉というんじゃないのか？」

「ええ、そうです。勉です。東勉――たしか、東大に行ったはずですよ。医学部……」

そこまで、言って、宇田川は文七に視線を止め、

「そうか」

そうつぶやいた。

急に、何か、納得のいった顔つきになった。

「そうか、あんた、まだ名前を聴いていなかったが、確か、た、丹波……」

「文七だ」

文七は言った。

「そうか。姫川勉とやった、丹波文七……」

「おれだ」

低い声で、文七はつぶやいた。

「姫川勉は、東勉なんだな？」

「確信はないが、新聞で見て気になってね。テレビを見たんだ。そうしたら、そこで、あんたと、姫川勉がやってたんだよ」

やはり——

と、文七は思った。

宇田川は確信はないと言ったが、情報とすれば充分だ。

姫川源三の息子——東勉が姫川勉であろう。

いったい、どういう事情があるのかはわからないが、東勉が姫川勉であることは間違いがない。

「ちょうどよかった」

宇田川論平は言った。

「名前をうかがわせてくれませんか。まだ、聴いていませんでしたね」

宇田川論平が、土方を見た。

「土方元だ」

土方は言った。

「しかし、妙だな」

そのまま、土方は、宇田川を見ながらつぶやいた。

「何がです？」

「十年以上も昔の話を、どうして今ごろ追っかけようとしてるんだ」

「このネタを仕込んだのが、最近だからですよ」

「どうやって、誰から仕込んだんだ」

「かんべんして下さい、土方さん。そこまで、わたしは言えませんよ――」

「誰かに頼まれたか」

「ちょっと待って下さい。わたしは、あなたたちから、何も聴いちゃいない。わたしだけが、一方的に、この件についてはお話ししたんです。こんどはあなたたちが、わたしに話す番じゃありませんか」

「確認しておく。姫川源三が、東製薬から、何かの大事な資料を盗み出したんだな」

「ええ」

「で、その資料を東製薬は、取りもどしたがってるってわけなんだな。それで、姫川源三を、東治三郎が追っていると――」

「そういうことです」

宇田川は、うなずき、

「東治三郎が、この件で動き出したらしい臭いを嗅ぎつけたんでね。鮫島の名前で、あのホテルに予約が入ってるのを確認して、ロビーで張り込んでたんですよ」

「それはわかった」

「だから、こんどは、あなたたちの番です。どういう用件で、四十五階に行ったのか、それを教えてくださいよ――」

三章　獅子の牙

1

走れば、一番であった。

中学二年――この時、一〇〇メートルを十一秒で走った。

この時、すでに身長は一八五センチあった。

喧嘩《けんか》は、誰にも負けたことがなかった。

大学生とも喧嘩をした。

空手をやっているというその男に、ぶちのめされたことがあった。

今から思えば、たいした空手ではない。

しかし、ぶちのめされただけだ。

負けたと思わなかった。

負けたと思うことが負けだと思っていた。

ぶちのめされるのは、負けじゃない。

相手は、ただ自分をぶちのめしただけだ。

ぶちのめされたのは、喧嘩のただの通過点のひとつだ。流れの中で、ぶちのめされても、起きあがって、次に相手をぶちのめして、相手がそれで負けたと思えばこちらが勝ったことになる。

だから、その男には、毎日喧嘩をふっかけてやった。

そいつの家の前で待ち伏せをし、

「まだ終ってない」

そう言って殴りかかった。

また、ぶちのめされた。

しかし、それも、相手は自分をぶちのめしただけだ。

自分にはない、空手の技術が、こちらをぶちのめしたただけのことだ。

自分と相手。

一対一の喧嘩の闘いは、技術と技術の闘いではない。

魂と魂の闘いである。

魂を折るか折られるか。

そういう闘いである。

技術というのは、相手の魂を折るためのひとつの手段であり、いくら技術で相手をぶちのめしても、相手がまいったをしなければ、別の方法で、相手の魂を折らねばならない。

そう思っている。

だから、こちらが、まいったを言わない以上、闘いは終りではない。

少なくとも、一方にもっと闘う意志がある以上は、まだ闘いの途中であるにすぎない。

相手が、そういう人間に対してできるのは、もはやその人間を殺すことくらいである。

殺されたら、負けだ。

殺された人間は、もはや、闘う意志を表明することもできなければ、闘うことすらできないからである。

ルールのある試合ではない。

ルールがあって、互いにそのルールを承知で、闘いの場にあがったら、いくらこちらに闘う意志があろうと、そのルールに負けを宣告されることはある。

しかし、喧嘩はそうではない。

だから、その空手をやっている大学生を、いつもねらった。

家の前で。

街で。

大学で。

後ろから襲わない。

前から。

素手。

それだけを決めていた。

ついに、相手が折れた。

「許してくれ」

その男はそう言って、膝を突いた。

その顔に蹴りを入れて、倒した。

「もうやめてくれ」

そう言っている男の顔を、上から踵でおもいきり踏み抜いて前歯の全てを折ってやった。

今では――

あの時は、後ろから襲ってもよかったのだと思っている。

何も、正直に、前からばかりやる必要もない。

こだわるべきは、素手。

それのみでいい。

中学二年の秋に、ブラジルに渡った。

家族が、移民で、引っ越したのである。

サンパウロ。

ジャングルを開拓し、農場を作るためだ。

それをやりながら、コーヒー園で働いた。

コーヒー豆を収穫し、それを街までトラックで運んでゆく。

麻の袋に入れられたコーヒー豆は重い。

九〇キログラムはある。

それを、毎日毎日、担いでトラックに載せ、下ろす。

無限に続く、いつ終るかわからない、気の遠くなるような作業である。

そこで、異様に筋肉がついた。

脂肪が、汗とともに削《そ》ぎ落とされ、筋肉だけの身体になった。

体重が、筋肉で倍になったような気がした。

三年間で、身長が一九〇センチになり、体重は九七キロになった。

ブラジル人とも、喧嘩をした。

これも、一度も負けたことはなかった。

どういう技術も学んだことはないが、自己流で喧嘩の技術だけはついた。

　これまでの生涯で、畏怖を覚えた人間はふたりいた。

　たとえ、どんなに強そうな相手とやって、いったんはやられても、身体を鍛えて、どうやれば勝てるかを工夫《くふう》した。

　そうして、実際に勝ってきた。

　しかし、そのふたりの人間にだけは、どう工夫し、どう身体を鍛えれば勝てるかの見当がつかなかったのである。

　ひとりの男は、松尾象山であった。

　この松尾象山には、ブラジルで一度、会っている。

　しかし、向こうには、その記憶はないはずだ。

　そして、もうひとりの男にも、ブラジルで会った。

　この男には、サンパウロで会った。


　コーヒー豆の袋をトラックから下ろしている時だ。

　九〇キロの袋を、ふたつ担いでいた時、

「ここに、巽《たつみ》 真《まこと》ってえのはいるかい」

　そういう声が聴こえた。

　日本語だった。

　袋をふたつ担いだまま振り返ると、そこに、ずんぐりとした東洋人が立っていた。

　ずんぐり、といっても小さいわけではない。

　身長は、巽よりは低いが、一八〇センチはあった。

　巽は、袋を担いだまま、その男を眺めていた。

　横を向いている。

　ブラジル人が、その男に向かって、

「そこにいるよ」

　巽の方を指差した。

　その男は、巽の方を振り向いた。

「あんたが、巽くんか」

その男はそう言って、顔を綻《ほころ》ばせた。

天真爛漫——そういう笑みであった。

魅力的な、人を引き込まずにはおかない笑みであった。

人が、こんなに魅力的に笑うことができることを、巽は初めて知った。

今思えば、その笑みに騙されたのかもしれない。

その男は、荷を担いだまま突っ立っている巽の方に向かって歩いてきた。

「いい身体をしているなあ」

ぽんぽんと、右の掌《てのひら》で、裸の、汗の浮いた巽の胸を叩いた。

分厚い手であった。

首が、おそろしく太い。

胸が厚く、シャツのボタンを上から三つ目まではずしていても、その布地が切れそうであった。

右の拳で、
どん、
と、巽の腹を突いてきた。

軽く叩いただけであったが、重い鉄の棒で突かれたような感触があった。

呻き声が出そうになった。

「いい筋肉だなあ」

その男は言った。

巽を見つめ、

「おい」

その男は言った。

「プロレスを教えてやろうか」

2

プロレス？

いったい、この男は何を言っているのか。

巽が、そこに突っ立ったままでいると、

「まあ、それをおろせよ」

巽が右肩に担いだコーヒー豆の袋に手を伸ばしてきた。

そして——

ふたつの袋を巽の肩からひょいと持ちあげると、自分の右肩にそのまま担ぎあげた。

「重《おめ》えなあ……」

くったくのない声をあげた。

歩き出した。

ひとつの袋の重さが九〇キログラム。

ふたつで一八〇キロ。

誰もが担げる重さではない。

それを、この男は軽々と担いでゆき、巽が乗せるつもりであったトラックの荷台に運んでいった。

トラックの上の男が、手に握った鉤爪《かぎづめ》を袋に引っかけて、ひとつずつ、荷台に引き入れた。

「おお、重かったなァ」

男が振り返った。

樽《たる》のような肉体をした男であった。

巽より、身長が低いが、体重は明らかに巽よりは上だ。

一〇〇キロは超えているだろう。

一一〇キロはあるだろうか。

ぽんぽんと手を叩きながら、男は巽の前までもどってきた。

「おい、ここでやろうぜ」

男は言った。

「ここで？」

何をやろうというのか。

何をやりたいのか。

巽にはわからない。

「自信があるんだろう？」

男は、巽の胸を平手でぽんと叩いた。

重い手であった。

「まだ、一度も負けたことがねえって面《つら》アしているぜ」

「喧嘩ですか」

ぼそりと巽は言った。

「そうさ」

「プロレスじゃなかったんですか」

「ばか」

男は嬉しそうに笑った。

「プロレスも喧嘩も同じだよ」

男は、巽を見つめながら、右手で拳を握った。

「ただ、ちょっとだけ、違うところがある」

「違うところ？」

「それを、おめえに、教《おせ》えてやろうっていうのさ」

「おれに？」

巽には、まだ、男の真意がわからない。

視線を、男の背後にやると、二〇メートルほど向こうに、黒塗りのキャデラックが一台停まっている。

どうやら、今、巽の眼の前に立っている男が乗ってきたものらしい。

そのキャデラックの前に、いかつい肉体の男がふたり立って、こちらに視線を向けている。

ただならぬ視線だ。それが、これだけの距離をおいても伝わってくる。

ひとりは、額に、絆創膏《ばんそうこう》を張っている。

その顔に、見覚えがあった。

「あんた、あの男の仲間か」

巽は言った。

「仲間？」

「ああ」

「うちの社員だよ」

「社員？」

「三日前の晩に、うちの者《モン》が、あんたにえらい世話

になったっていうんでね。気になってあんたを見にきたんだよ」

言いながら、男は、左手の人差し指を、巽の左眼の縁にあてた。

「あんたのここ、そりゃあ、三日前の分だろう？」

巽は、自分の左眼に、軽く自分の指先で触れた。

そこに、薄く、痣《あざ》が残っている。

確かに、男の言うように、それは三晩前に作ったものだ。

しかし、もう、その痣は消えかけている。

巽は、三日前のことを、思い出していた。

3

三日前の晩——

巽は、その店に出かけて行った。

〝ブロードウェイ〟

ブラジルの公用語であるポルトガル語ではなく、英語の店名のついた酒場であった。

木造で、平屋建て。

二〇人ほどが並べるカウンターがあって、そこで、ウィスキーでも、ビールでも、好きな酒を立って飲むことができる。

テーブルが、一ダースほど。

奥には、商売の女がたむろする一画があり、股の上まで裾のあがった、脚の全部を剝《む》き出しにしているようなスカートを穿《は》いた女たちが、客を物色《ぶっしょく》しながら、煙草を咥えている。

仕事を終え、家で食事を済ませると、時おりこの店までやってきて、ビールを飲む。

未成年に酒を飲ませるなとか、煙草を喫うなとか、そういうややこしいことがある店でも国でもない。

家から、トラックで走って三〇分。

最初は、巽が仕事をしているコーヒー園の仲間に教えられた店だ。

「酒も女も、安いわりにはいいのがそろっている」

巽を初めてブロードウェイに連れてきた男——チコはそう言った。

チコは、巽よりも歳上だ。

二十一歳。

巽と、一度やりあっている。

巽におもいきりぶちのめされてから、逆に仲がよくなった。

多少、金にゆとりのできた時に、巽も、ここで女を買ったことがある。

三日前——

その晩、巽が出かけてゆくと、店の雰囲気がいつもと違っていた。

椅子や、テーブルが倒れていて、いつもはカウンターに入っているジョンが、それを起こしたり、床に散らかったグラスの欠片《かけら》をかたづけたりしているのである。

そこで、ついしばらく前に、喧嘩があったことは明らかだった。

「ちくしょう、ちくしょう」

そう言う声が聴こえた。

声の方に眼をやると、椅子に腰をかけ、右手に持ったタオルで顔を押さえて唸っている男がいた。

チコであった。

そのタオルに、血が滲んでいた。

「チコ……」

巽が声をかけると、チコはタオルをのけて、

「タツミか」

短く言った。

〝ミ〟

の発音の時に、チコの上下の前歯が見えた。

上の歯が二本無くなっている。

その隙間から、血の混じった唾液が出てくる。

誰かに殴られて、歯を折られたのだろう。

「どうしたんだ」

巽が訊くと、

「殺してやる」

焦点の合っていない眼でチコはつぶやいた。

「何があったんだ」

巽が何度か問ううちに、チコが、そこで起こったことを説明した。

こういうことだ。

しばらく前、チコは店にやってきた。

女を買うためだ。

男がひとりでカウンターにいれば、必ず女の誰かが声をかけてくる——そういう店だった。

チコには、馴じみの女がいた。

マリアという娘だ。

本名かどうかはわからない。

歳は二〇歳。

これも本人がそう言っているだけなのだが、特別に異論を唱えたくなるような容姿ではなかった。

腰が蜂の胴のように細いくせに、バストがおもいきり前に突き出ている。尻も脚もよく締まっている。

貌《かお》も、悪くはない。

巽も知っている女だ。

しかし、チコの女だとわかっているので、まだ買ったことはない。

チコがやってきた時、女に先客がいた。

日本人だ。

髪の短い、鼻の潰れた男だった。

身長は、一七〇センチくらい。

大きくはないにしても、当時の日本人としては、平均身長よりもやや高いくらいだろう。

しかし、肉が厚かった。

横の厚みと前後の厚みが同じくらいに見えた。

胸の肉も、腹の肉も厚い。

腹は、胸より前に出ているが、垂れ下がってはいない。

体重《ウエイト》を気にせず、飯をひたすら食べ、ひたすら肉体を鍛えると、こういう身体つきになりそうだった。

走るための肉体ではない。

泳ぐための肉体でもない。

見せるための肉体でもない。

競技のための肉体でもない。

何のための肉体か？

闘うための肉体？

それは、自由な肉体であった。

鍛えぬかれてはいるが、減量をしない肉体——。

苛《いじ》め、鍛え、喰う。

その結果、脂肪が付くのなら、それもよし。

その結果、脂肪が抜けて、筋肉だけの肉体になるのならそれでよし。

それは、成りゆきでしかない。

肉体に、枠をもうけない。

もし、その肉体が太る資質を持っているのなら、それはそれでいい。

そういう自由律が作りあげた肉体。

前に突き出ている腹の丸みのなんという自然なラインであることか。

特定の労働で付いた筋肉ではない筋肉。

酒も、肉のアブラ身も、ステーキも、ケーキも、あらゆる喰いものを貪欲に吸収してきた肉体。

それは、チコが初めて眼にする肉体であった。

一見、身長のわりには太り過ぎかとも見えるが、その肉体に、脆弱《ぜいじゃく》さは微塵《みじん》もない。

その日本人は、マリアの横に座り、右手をマリアの滑らかな右脚の太股《ふともも》の上に置いていた。その手が、はちきれそうな肌の上を上下に動いている。

その日本人の男は、片言《かたこと》の下手《へた》な英語で、マリアをくどいていた。

ブロウクンな英語だが、ものおじしない英語だ。

マリア自身も、英語は片言だ。

その男は、最もわかり易い言語で、マリアをくどいた。

左手に、米ドルの紙幣を何枚もつまみ、胸元の大きく空いたシャツの襟から覗いているマリアの左右の乳房の間に、それを挟んだところであった。

そこを、チコは目撃したのである。

見た途端に、チコの血管の中で、血が逆流した。

チコは、そのテーブルに歩み寄った。

「やあ、マリア」

チコは、その日本人がそこにいないかのように、マリアに声をかけた。

「待たせたな」

ポルトガル語で言った。

男が、そのポルトガル語を知っていたとは思えない。

しかし、その言葉の意味は、おおまかに理解したらしい。

チコは、マリアの胸の谷間から、米ドルの束を抜くと、それをテーブルの上に置いた。マリアの手を取って、立ちあがらせようとした。

チコのその手を、日本人の右手が摑んでいた。

チコは、その手を振りほどこうとした。

しかし、びくともしない。

手が動かない。

凄い力だった。

「野郎！」

チコが、逆の自由な手で殴りかかった。

拳が、男の頰に当った。

しかし、男はけろりとしていた。

どういうダメージも感じてはいないようであった。

渾身の一撃ではない。

タイミングを計って、体重を乗せた一撃ではない。片手をとられていて、バランスも悪かった。

だからといって、手で撫《な》でたわけではないのだ。

拳で殴ったのである。

いきなりやる――

それが喧嘩の必勝法であった。

それなりの力はこめている。

だが、男の頭部は、少しもぐらつかなかった。

眼さえ閉じなかった。

チコを見つめていた。

「糞！」

チコがさらに殴ろうとした時、男は、握っていた手を放した。

バランスを崩して、チコは床に転がった。

テーブルが、倒れ、その上に乗っていたグラスが床に落ちて割れた。

チコが起きあがった。

男を睨みつけた。

チコの方が背が高い。

一七七センチ。

男より七センチは上回わっている。

体重こそ、男よりないものの、鍛えられた筋肉を持っている。

素手と素手で向きあったら、めったなことでは他人に負けることはない。

男に、頭から突っ込んで行った。

がつん、

と音をたてて男の身体にぶつかった。

レンガの壁に突っ込んでいったような気がした。

立っているだけで、男は、こゆるぎもしない。

「かあっ」

チコは、拳で男を殴りつけた。

男の顔に、拳が当った。

今度は頬ではない。

鼻の上だ。

しかし、男は動かない。

つうっ、と細い血の筋が、短く男の鼻から滑り出てきた。

「しゃあっ」

チコが、さらに次の一撃を男に叩き込もうとした時、ぶうんと音をたてて、チコの顔面にふっ飛んできたものがあった。

男の右拳だった。

早い一撃ではない。

ゆっくり、真っ直ぐに。

しかし、それがかわせなかった。

チコは、顔面にそのパンチをもらってしまったのである。

そして、チコの記憶は暗転した。

気がついたら、店の人間の顔が、上からチコの顔を覗き込んでいた。

チコは起きあがった。

前歯を二本、吐き出した。

「あいつは？」

「出て行ったよ」

店の人間が言った。

割れたコップ代と、クリーニング代だと言って、五〇ドルをカウンターの上に置いて、店を出て行ったのだという。

五〇ドル——当時のブラジルでは、かなりの大金である。

「マリアは？」

「あの男と一緒だ」

店の男は言った。

チコが気がついてから、まだ、五分過ぎていない。

　そういうところへ、巽がやってきたのである。

「あの男、許さねえ」

　チコは言った。

　冷静に第三者が考えれば、チコが悪い。

　マリアは、金で身を売っている女だ。

　マリアが、どういう客をとろうと、それは彼女の自由である。

　どれだけ馴じみであろうと、チコはマリアの客のひとりにすぎない。

　上客を捕まえる寸前に、チコに邪魔されたくない。

　チコがいる時は、マリアに手は出さない――それは、チコの仲間内での暗黙の了解事項にすぎない。

　しかし、チコは、女を眼の前で持って行かれただけではなかった。女や、他の客の前で、殴り倒され、気絶した。

　先に手を出したのがチコ自身であるとはいえ、衆人の眼の前で恥をさらしたことになる。

　恥をかかされた――チコはそう思っている。

　チコは立ちあがった。

「どうせ、マリアがどこで男を咥え込むのかはわかってるんだ」

「おい」

　巽が声をかけても、チコは答えなかった。

　巽の手を振りほどくようにして、チコは外へ出て行った。

　店では、チコのことが話題になった。

「こりゃあ、やるぜ」

　常連のひとりが言った。

「チコめ、あの日本人を待ち伏せする気だろう」

「ホテルだな」

「ブランカだろう」

　常連たちの会話の意味は、わかっていた。

金のない男を取った時には、マリアは客を自分のアパートに連れてゆく。

　ホテル代を浮かせるためだ。

　そこそこ金のありそうな客だったら、ホテルへゆく。

　男が泊まっているホテルへゆくか、そうでなければ、ブランカという名前のホテルに男とゆく。

　そこへゆけば、男が払うホテル代の二割がマリアのものになるからだ。

「行くか」

　客のひとりが言った。

「チコを止めに行くのか？」

「止めるもんか。チコが何をするのか見物に行くのさ」

　話はまとまった。

　乗用車で〝ブロードウェイ〟に来ていた男が、〝見物人〟の中にいた。その男の車で出かけることになった。

　メンバーは、四人。

「タツミ、おまえはどうする」

「行く」

　タツミは、短く答えていた。

　以前、チコとは、些細《ささい》なことが原因で喧嘩をしたことがある。

　巽が、チコを殴り倒して、その喧嘩に勝つことは勝ったが、そのおりかなりてこずっている。

　一年ほど前のことである。

　チコは、動きが速くてスタミナもある。根性もあり、さらに急所を蹴ってくるというえげつないこともやってくる男だ。そのチコを、ほとんど一方的にあしらった男がどういう男か、巽は興味を覚えたのである。

4

ホテルから、少し離れた場所に車を停めた。

通りを挟んで、ホテルの反対側だが、玄関の正面は避けた。

フロントに電話を入れて、マリアが日本人の男とチェックインしたことは確認してあった。

男たちは、車の中で、ビールを飲みながら話をしている。

チコの、ベッドの中での癖であるとか、他の女の話。たわいのない下半身の話題。

時々、下卑《げび》た笑い声が、車内に広がる。

しかし、その話の中に、巽は加わらない。

ただ、黙って窓の外を眺めている。

〝ブランカ〟

の文字が、玄関の上に見えている。

ペンキで書かれた文字だ。

安い宿――

三階建て。

「しかし、チコのやつ、本当にやるのかな」

助手席の男が言った。

「やるだろう。このまま、何もしないやつじゃない」

ハンドルを握った男が言う。

「やるって、口にしちまったからな。怒りがもし収まったって、面子《めんつ》のためにやるだろう」

巽の隣り――後部座席に座っている男が言った。

「銃でやる気かな」

「まさか」

「じゃ、ナイフか」

「素手ということはないだろう」

「しかし、殺すつもりじゃないんだろう？」

「たぶんな」

「殺しちまったら、割があわない」

「この土地にいられなくなる。警察《さっ》に追っかけられるのはごめんだろうからな」

そういうことを話している。

サンパウロの、繁華街からははずれている。

人通りは多くない。

それでも、ぽつり、ぽつりと通行人がホテルの前を通り過ぎてゆく。それが、二分と途切れることがない。

やがて——

「おい」

運転席の男が、ハンドルの上に顔を被せるようにして頭を下げた。

「ばか、そんな動きをしたら、バレちまうだろ」

「うるさい。あの男が出てきたんだ」

潜めた声で、やりとりをする。

巽もまた、その光景を見ていた。

玄関のガラス戸の向こうに、巽も知っているマリアの顔が見えた。

その横に、ずんぐりとした、肩幅のある東洋人が立っている。

男はフロントのカウンターで、料金を払っているところであった。

マリアと男が、ドアを開けて外へ出てきた。

その時——

ホテル入口のすぐ横に停まっていた車の陰から、ひとりの男が走り出てきた。

チコだった。

男の前に立ち止まり、チコは、男とひと言ふた言、言葉をかわした。

と——

いきなり、チコが右手を前に突き出した。

マリアが、高い声で叫んだ。

その声とほぼ同時に、男が、右手を振った。

チコの頬が張られた。

拳ではない。

掌である。

それだけで、チコが大きく横にふっ飛んでいた。

チコが仰向けにぶっ倒れ、そのまま動かなくなった。

男の腹から、奇妙なものが生《は》えていた。

ナイフであった。

ナイフの刃先が、浅く男の腹に潜り込んでいて、Tシャツの被さった腹から下にぶら下がっている。

ナイフは、自分の重さで腹から抜け、地面に落ちていた。

Tシャツに、小さく、ぽつんと血の染みができた。

マリアの肩に手を回わして、男は、何ごともなかったように歩き出した。

何事が起こったのか。

確かに、チコはナイフで男の腹を刺したはずであった。

しかし、男が負ったのは、擦り傷程度であったというのか。

普通、刃物で人を刺す時には、手を伸ばすだけでは駄目だ。

体重を乗せねばならない。

自分の腰骨にナイフの尻をあて、身体ごとぶつかってゆく。

あるいは、ナイフの尻に手をあてて、体当りをするように、体重で刃を相手の肉体に潜り込ませる。

潜り込ませて、えぐる。

刃を回わす。

だが、たとえ手だけの動きにしろ、大人が、強い力でナイフを前に突き出せば、そこそこ、刃は肉の中に潜る。

ましてや、チコは、ナイフ技の達人ではないが、あつかいには慣れている。

　相手を殺すつもりはないが、傷つける——おそらくはそういう目的でナイフを突き出したのであろう。

　それで、充分な効果をあげるはずであったろう。

　だが、刃は、男の肉を浅く傷つけただけであった。

　後になって、巽は、その時のことをチコから聴いている。

「あの時、おれは、おもいきり、ナイフで突いてやったよ」

　チコは言った。

「だけど、刃が、途中で止まっちまったんだ」

　最初の感触は、手応えがあった。

　浅く、ナイフの刃が人の肉の中に潜った。しかし、すぐに、ナイフの刃先が途中で止まった。

　岩というよりは、堅いゴムのようであったとチコは表現をした。堅いゴムが、ナイフの刃先の進入を、脂肪層のすぐ内側で拒んだというのである。

　あれ⁉

　そう思っているうちに、頭に衝撃を受けて、後は何があったのか、まるでわからなくなってしまったのだという。

　しかし、それは、後の話だ。

　チコが張り飛ばされた時には、巽は、もう、ドアを開いて外に出ていた。

　得体の知れないものに突き動かされている。

　疾《はし》っていた。

　何故自分が疾るのか巽にはわからなかった。

　生《なま》あたたかい空気の中を、通りを渡り、男とマリアの前に立った。

「待ってくれ」

　巽は言った。

　男は、マリアの肩に左手を回わしたまま、きょとんとした顔で立ち止まった。

「日本人か!?」

　その男は言った。

「そうだ」

　巽は答えた。

「名前は？」

「タツミマコトだ」

　声が微かに震えていた。

　どうして、声が震えるのか。

　ふたりを、自動車から降りた三人が、遠巻きに眺めている。

　他の三人には、巽が男と何を話しているのかわからない。

「あんたは？」

　巽が逆に訊いた。

　巽の前に立っているのは、巽とそう年齢が変わらない。

三っつ――あるいは四っつくらいは上だろうか。

二〇歳をいくらも出てはいまい。

「川辺だ」

　男は答え、

「何の用だ」

　訊いてきた。

「今、あんたが殴った男は、おれの知り合いだ」

　何を言っているのか、おれは。

　言いたいのは、そういうことではない。

　チコが自分の友人だなどと、そんなことはどうでもいい。

　この、異様な種類の肉を眼の前にした時、何かのスイッチが、自分の中で入ってしまったのだ。

　それが何だかわからない。

　巽は、言葉をつまらせた。

「それで？」

　問われたが、巽は答えなかった。

言葉ではない答えが、肉の裡《うち》からせりあがってきたのである。

それは、狂気であった。

あるいは、肉欲のようなものであった。

眼の前にいる、この男を破壊したいという欲望であった。

ふいに、何かの発作のように、その感情が巽の肉の内部にせりあがってきたのである。

自分でも、思ってもみなかった欲望であった。

喧嘩に勝ちたい。

あいつよりも強くなりたい。

馬鹿にされたくない。

そう思ったことは、これまでに何度もある。

しかし、その時、巽の内部に湧いたものは、そういう人間の意志を、散りぢりに吹き飛ばすような、ものであった。

感情？

感情ではあるが、感情を越えたものだ。

欲望？

欲望ではあるが、欲望を越えたものだ。

明らかにわかっているのは、それは、強い力を持っているものだということである。

高圧のエネルギー。

肉がちぎれ飛びそうになるほどのもの。

眼のくらむような、腰が震えて、そこにへたり込んでしまいそうな——

名づけ難いもの。

それが、自分の肉を、そして、精神を内側から引き裂いてしまいそうだった。

苦しい。

思わず、喘《あえ》ぎそうになる。

ＳＥＸの知識が二歳児のまま、欲望だけを丸ごと、裸の女の前に放り出されたようなものだ。

全身が、勃起して、欲望でふくれあがったペニスと化している。
しかし、それをどうしていいかわからない。
この男の問いに、答えねば。
その答を、自分は今、肉体に持っている。
しかし、それが言葉にならない。
「くわあっ！」
巽は、叫んだ。
眼がくるりと裏がえった。
一瞬、白眼になる。
叫びながら、男の首を抱え、その顔面に、おもいきり自分の額を打ちつけた。
頭突き――
一発ではない。
続いて、二発目。
三発目を入れる前に、顔の左側に、凄い衝撃があった。
男が、拳で殴りつけてきたのである。

くらっ、
とした。
次に、どん、と男の身体が巽の身体にぶつかってきた。
倒された。
身体をひねった。
横に、抱き合ったまま倒れた。
凄い。
相手の肉を腕の中に抱えながら、巽は驚嘆していた。
まるで、男の肉体は、岩であった。
柔らかな脂肪の膜に包まれた、ゴム質の岩。
動かないはずの、岩が、自分の腕の中でぐりぐりと動く感触。
倒れながら、肘を、男の顔面に入れた。
その時――
「警察よ！」

女の声が聴こえた。

その途端に、いともたやすく、男が巽の腕の中からすり抜けていったのだ。

巽が立ちあがった時には、もう、男は背を見せて、走り去ってゆくところだった。

5

そういうことが、三日前にあったのである。

チコは、あらたに二本の歯を折られ、男を刺した時に、ナイフの刃で自らの手を傷つけて、昨日と今日は仕事を休んでいる。

キャデラックの前にいる男ふたりのうちの一方は、あの、川辺という男であった。

「どうだい――」

巽の前の男は、にこやかに笑っている。

歳は？

三〇歳だろうか。

三十五歳だろうか。

男は、三歩、退がった。

「あんた、凄え、力があるんだってねえ。勝負度胸もいいって、えれえ川辺が褒《ほ》めてたぜえ」

男は、そこに、無防備といってもいいほどリラックスした表情で立った。

「さあ、来な」

男は言った。

巽は、妙に、力が抜けている。

三日前の、あの狂気に似た感情が、肉の底の方でくすぶってはいるが、まだ、それは表面に出てきていない。

「いいんだぜ、ここの親方には、もう話をつけてきてあるんだ」

仕事をしながら、仲間たちが、遠目に巽と男を眺めている。

それでも、巽は動こうとしない。

男は、右手の人差し指の先で、こりこりと自分の後頭部を搔き、

「おい、川辺」

巽の方を向いたまま、声をあげた。

男は、左手で、自分の肩ごしに、おいでおいでをした。

「はい」

向こうで、額に絆創膏を貼った男が返事をして、こちらに走ってきた。

やはり、あの川辺という男であった。

川辺は、ちらりと巽に視線を走らせ、男の横に立った。

「お呼びですか?」

「おい、川辺よう、話が違うぜえ」

男は言った。

「こいつ、まるでやる気がねえじゃねえか?」

「やる気ですか?」

「馬鹿野郎!!」

いきなり、男の右の拳が、川辺の顔面に飛んだ。

ごつん、

という重い音がして、川辺の身体が横に倒れかかった。

しかし、川辺は倒れなかった。

「こらっ」

次は、掌であった。

男が、分厚い掌で手刀を作り、それで川辺の首を叩いたのである。

たまらずに、川辺はそこに膝を突いた。

低くなった川辺の顔を、その男は、靴の爪先で蹴った。

川辺が、仰向けに地面に倒れた。

いったい、何をしているのか、この男。

川辺のことを社員だと言っていたが、この男は社

長なのか。社長が、どうして社員をこのように殴っていいのか。

「おめえが、素人にやられたまんま逃げてくるから、こういうことになるんだよう」

川辺の顔を、靴底で、おもいきり踏んづけた。

靴の下で、

「はい」

川辺はうなずいた。

「もうしわけありませんでした」

「警察沙汰《さた》にならなかったのは、よかったさ。しかしな、生意気なガキをぶちのめせなくて、逃げ出したという評判がたつよりは、素人のガキをぶちのめしたと新聞沙汰にでもなってくれた方が、おれたちにとっちゃあありがたいんだよう」

「はい」

川辺がうなずいている。

あの川辺が、どうして、この男の前で、こんな屈辱的な格好をしなければならないのか。

身体を触れ合い、わずかにしろ力を交しあったこの自分が、川辺という男の凄さは充分にわかっている。

その川辺を、ここまでできるこの男は、いったいどういう人物なのか。

まさか、あの川辺に、力で劣りながら、こういう真似ができるものでもないだろう。

いったいこの男、何者なのか。

巽の内部に、また、あの狂気が育とうとしていた。

「もうしわけありませんでした。力王山先生――」

顔を踏まれながら、川辺は言った。

6

力王山!?

巽は思った。

その名前なら、もちろん知っていた。

顔も知っている。どこかで見たような顔だと思ったのは、当然であった。

戦後の日本が生んだ英雄であった。日本のプロレス界の頂点に立つ男である。

しかし、どうしてそれがわからなかったのか。

まさか、テレビの中に映っていたあのプロレスの力王山が、こんなブラジルの街の、しかも自分が働いている場所にまでやってくるとは思ってもいなかったからだ。

「さあ、やろうか」

力王山が、巽の眼の前に立って、笑っている。

あの、おおらかな愛嬌のある笑みがそこにある。

今、自分の眼の前で、川辺という男にあんなことをした直後に、こういう顔で笑うことができる男がいるのか。

人間の顔をした怪物だ。

身体の肉の付き方も、常人と違う。

シャツの下に、異様な禍《まが》まがしい力が膨《ふく》れあがっているようであった。

この男——

肉の底も、感情の底も見えない。

今の怒りは、演技であったのか？

おれがいるのを承知で、わざとやってみせたのか。

へえ——

そう思う。

そういうのが、ありなのか。

他人の眼の前で、自分の社員を平気でぶん殴る、そういう生き方がありなのか。

へえ。

なるほど。

ありなんだ。

この力王山という男が、どういう理由でこの川辺という男をぶん殴ったのか、そこのところはわからない。ただ、こういうのがありということなんだ。

この男にとっては――

あるいは、この男がてっぺんにいる世界では――

「何を笑ってる」

力王山が言った。

笑ってる?

このおれがか。

「来な」

無造作に力王山が立っている。

なるほどな。

立ってるやつが勝ちなんだ。

相手が倒れていて、自分が立っている。

それが正しくて、それ以外は全部正しくない。勝った者、立っている者が正しい。

これまで、堅い瘤《こぶ》のように凝って、自分の中で燻《くすぶ》っていたものが、ほどけてゆくような気分――

自分は今、新しいルールと出会ったのだ。

力王山は、今、浅く脚を開いている。

あそこへ、いきなり蹴りを入れてもいいのか。

ぞくりと、背筋におぞけに似たものが疾る。

いいのだ、と巽の裡なる声が言う。

その声が、耳の奥に聴こえた。

聴こえた時、自分の唇の端がきゅうっと吊りあがるのがわかった。

同時に、これまで巽真という人間をどこかに繋ぎとめていたもの。一本の糸。それも一緒に切れていた。

ぷつん。

いきなり――

蹴った。

力王山の股間を。

左足を跳ねあげ、一直線にそこをねらった。

当った!?

そう思った。

しかし、届かなかった。

爪先が、力王山の太い両脚の内側の筋肉に行く手は阻《はば》まれていた。

あとひと息。

あと数センチを残して、足がそこで止まってしまったのである。

右の拳。

パンチを力王山の顔面に叩き込む。

鼻頭へ。

当った。

これは間違いない。

ぐしゃりと、拳を当てられた鼻がひしゃげる感触もあった。

おもいきり入れたパンチだ。

しかし——

まだ、力王山は立っていた。

倒れない。

蹴りをよけようともしなければ、拳を避けようともしなかった。

力王山は、ただそこに立っていただけだ。

一方的に、巽が攻撃を出しただけである。

自分がおもいきり出したパンチをまともに受けて、これまで、倒れなかった奴がいるか。

いない。

だが、力王山は立っている。

しかも、鼻血すら出していない。

ただそこにさっきと同じ姿勢で突っ立っているだけだ。さらになお、力王山のその顔には、それまでと同じ笑みが浮いていたのである。

なんという肉体をしているのか。

ふいに、たまらない恐怖が背に張りついた。

巽は、本能的に後方に飛び退《ず》さった。

殺される――

そう思った。

自分はこの男に殺される。

「いい度胸をしているなア」

力王山が、笑いながら両手を左右に広げた。

一歩――

二歩――

力王山が近づいてくる。

逃げるか。

いいや、逃げられない。

どうやったって逃げられるものじゃなかった。

足が震えた。

ならば――

前へ行くしかない。

「かあああっ！」

前に出た。

抱きとめられた。


力王山の太い両腕の中にいた。

動けなくなった。

まだだ。

「ひゃあああっ！」

ひきつった声をあげた。

額を力王山の顔面に――

しかし、それよりも早く、力王山が額を前に出してきた。

いったん後ろに振って、それから前に出そうとした首が、そこで止まっていた。前に出してきた力王山の額で、鼻頭を押さえられてしまったのである。

これも、力王山は何もしていないに等しかった。

巽が、自分の勢いで鼻先を力王山の額にぶつけただけのことであった。

みちっ、
と、自分の鼻の軟骨の潰れる音を、巽は聴いた。

殺されるのか。

自分を抱きかかえている腕は、まるで、そういう型をした鉄の棒のように動かない。

もっと力を込められたら、肋骨《あばらぼね》も、背骨も、みんな音をたててひしゃげてしまうであろう。

この男なら、それができる。

巽はそれを確信した。

恐怖で、首筋の毛が逆立った。

もはや、できることは、近くにあるこの男の、頬肉でもいい、耳でもいい、嚙みつくことだけだ。

その時——

「おい」

耳元で、力王山が囁《ささや》いた。

「お終《し》めえだよ」

温かな声だった。

自分を包んでいた力が消えた。

解放されたことを、巽は知った。

まるで、今にも自分の頭部を嚙み潰そうとしていた虎が、急にそれをやめたようであった。

両脚が、がくがくと震えていた。

そこに、へたり込みそうになった。

こらえた。

「くうっ」

声が出た。

くうっ。

むうっ。

こらえてもこらえても膝が震え続けた。

歯を喰い縛ってそれに耐える。

「これがプロレスだよ」

力王山が笑っている。

「川辺、おまえの言うように、なかなかおもしれえガキじゃねえか」

力王山が言った。

力王山は、ズボンの尻ポケットに手を突っ込んで、中から、一枚の紙片を取り出した。

「三日後に、ここでプロレスをやる。気がむいたら観に来るんだな」

プロレスのチケットであった。

四章　獅子の爪

1

巽は、ざわめきの中にいた。

ガリンペーロ・スタジアム——

野外のスタジアムである。

満席であった。

全ての席が埋まっていた。

いつもは、サッカーの試合などが行われている場所であった。

五万人を収容することができる観客席がある。

そのスタジアムの中央にプロレスのリングが組みたてられている。

その夜は、アリーナの方まで観客を入れているので、おそらく七万人という人間が会場に集まっているはずであった。

凄い数であった。

アリーナ席の方は、地上に、ロープで区画がされていた。

ひとつの区画に五百人くらいは入るだろうか。

チケットには、区画ごとの番号が印刷されていて、観客は、その区画の中で自由に席をとることができる。席といっても、空いている地面に直接腰を下ろすだけのことで、このおおまかなところがブラジルらしかった。

巽は、一番前の区画の中にいた。

地面に腰を下ろし、灯りに照らされたリングを眺めている。

巽自身は知らなかったのだが、今夜の試合のことは、一ヵ月以上も前から日系人たちの間では知られていて、その日の新聞にも日本人プロレスラーがやってきて試合をすることが書かれていた。

客の半分以上が日本から移民してきた日本人であり、巽もその中のひとりであった。

試合が始まった。

最初の三試合が、日本人どうしの試合だった。

次の二試合が、日本人対アメリカ人レスラーの試合。

次の一試合が、ブラジル人レスラーとアメリカ人レスラーの試合だった。

周囲の客は熱狂したが、巽は醒めていた。

周囲が騒げば騒ぐほど、巽は冷えてゆく。

闘いというのは、こんなものか。

妙に間延びした試合。

顔面をガラ空きにして闘っている。レスリングだから、パンチがない。パンチが来ないから顔面をガラ空きにしているのか。しかし、それにしては、時おり、顔面にパンチらしきものを入れている。

しかし、それも、妙にテンポが遅い。

拳を大きく振りかぶりすぎるので、いくらでも避けられそうに見えるのだが、それが当ってしまうのである。

あの男は、いつ出てくるのか。

巽は、そう思いながら試合を眺めていた。

あの男——川辺のことである。

あの川辺が、いったいこの流れの中で、どういう試合をするのか。川辺もまた、こんな試合をするのだろうか。

日本人対アメリカ人の二試合は、いずれもタッグ・マッチであった。

二対二。

日本人レスラー二人と、アメリカ人レスラーが二人。

これを二試合。

最初の試合は、アメリカ人レスラーがルールを破って、仲間がフォールされそうになる度《たび》に一方が救出にやってきて、なかなか日本人が勝てない。

ついには、救出に出てきた一方のアメリカ人レスラーを、もうひとりの日本人レスラーがタックルでコーナーに押しつけているうちに、試合中の日本人レスラーがアメリカ人レスラーをきっちりフォールして勝った。

　次のタッグの試合では、アメリカ人レスラーが反則をした。

　手の中に、栓抜きらしい凶器を隠し持っていて、負けそうになると、それで日本人レスラーの喉を突いて脱出する。レフェリーが、その凶器をなかなか見つけられない。

　レフェリーがチェックを入れようとすると、仲間のレスラーにその凶器を渡してしまい、チェックの手から逃れてしまうのである。

　凶器を使用する時には、これ見よがしに、外人レスラーは凶器を持った手を頭上高く差しあげて観客にそれを見せる。

　それでまた観客が騒ぐ。

　巽には、それが茶番にしか見えなかった。

　やがて、日本人レスラーが凶器を発見する。

　その凶器を奪って、逆にアメリカ人レスラーを攻撃した時には会場は信じられぬほどに沸いた。

　これも、日本側の勝ち。

　次の六試合目、ブラジル人レスラー対アメリカ人レスラーの試合も、ブラジル人の勝ちであった。

　観客が沸けば沸くだけ、巽の血は冷えてきた。

　次の七試合目が、やはりブラジル人対アメリカ人の試合である。

　八試合目がメインの力王山の試合であった。

　結局、あの川辺の試合はないということになる。

　こんな茶番を、まさかあの川辺もやるのかと巽は思った。だが、どうして川辺が出ないのか。あの川辺の実力は、今夜出場したどのレスラーよりも劣るというのか。あの川辺が、前座の試合にもまだ出場できないというのか。

まさか——

もしかしたら、あの時、チコに刺された傷が悪化したとでもいうのだろうか。

ぼんやりとそんなことを考えているうちに、リング上の風景が一変していた。

なんと、リング上に、柔道衣を着た男が立っていたのである。しかも、その柔道衣を着た男は、日本人ではなかった。ブラジル人であったのである。

ガスタオン・ガルシーア——

中肉中背、大きくもなく、小さくもない。

リングアナウンサーに、名前をコールされて、ガスタオン・ガルシーアは、小さく右手を上げただけであった。

眼は、対角線上にある青コーナーにいる対戦相手を見ている。

青コーナーに立っている、ガスタオンの対戦相手であるアメリカ人は、覆面レスラーであった。

青いマスクに、青いタイツを穿《は》いていた。

ブルー・ハリケーン——

アメリカやカナダのマット界で活躍中と、パンフレットには書いてあった。

ガスタオン・ガルシーアについては、

〝Garcia Jiu-jitsu〟

とだけある。

この〝Jiu-jitsu〟の意味が、巽にはわからなかった。

「あいつがガルシーアか」

「プロレスに挑戦してきたやつだろう」

周囲の日系人たちが、日本語でそう話しているのが耳に入ってくる。

巽は、これまでとはまったく違う雰囲気を、リング上のふたりから感じとっていた。

ガルシーアも、ハリケーンも、観客の存在を無視しているのである。

どういう愛想も、ふりまいてはいない。

互いに、対角線上にある相手コーナー——リング上で一番遠い距離にいる敵を見ているのである。

ガルシーアは、ほとんど動かない。

両腕を身体の脇に下げ、ただ静かにハリケーンを眺めている。

ハリケーンの方は、小さく膝を屈伸させながら、もう、いつでも前に出ることができるように、浅く腰を落としている。

身長は、同じくらいだろうか。

どちらも一七〇センチの中ばくらいだろう。

しかし、体重は、明らかにハリケーンの方が上であった。ガルシーアの方は、道衣に包まれていて、身体はよく見えないが、どちらかと言えば痩せ型とも見える。

ハリケーンの方は、首も太い。

僧帽筋《そうぼうきん》も、肩の筋肉も盛りあがり、胸も分厚い。

しかも、どこにも肉のゆるみはない。全て鍛えぬかれた筋肉であった。

一五キロは体重差があるかもしれない。

ふたりが、リング上に作りあげている空気は、これまでのものとはまったく異質に見えた。

リングアナウンサーが、この試合だけは、ルールが違うと、そういうことをアナウンスしていた。

ルール名は、

〝バーレツウズ〟

巽にはそう聴こえた。

それがいったいどういうルールであるのか、巽にはわからなかった。

その時——

巽が、最初に感じたのは温度であった。ふいに、巨大な熱球が自分の左側に生じたようであった。

同時に、

「ほう……」

という声があがった。

まぎれもない、日本語であった。

「こいつは、やるぜえ」

太い声であった。

妙にうきうきと、心が沸き立つような声であった。

その声につられて、巽は横を向いた。

左側——

巽の横に、今、やってきたばかりのひとりの男が、腰を下ろそうとしているところであった。

ゆっくりと、その男は腰を下ろした。

一目見た途端に、巽は異様の感を覚えた。

太い、岩。

巽には、その肉体がそのように見えた。

まるで岩だ——

そう思った。

それも、そこにごろんと転がされた自然石である。

表面が、丸みを帯びていて、しかも、太い。

そして、何ともたとえようのない、力感がその男の周囲の空間には満ちていた。その空間に身体が触れれば、たとえ眼を閉じていてもこの男の存在を知ることができるだろうと巽には思われた。

ふいに、見られていたのがわかったように、その男は巽の方を向いて、

にいっ、

と笑った。

太い唇に、太い、魅力的な笑みが浮いた。

太い微笑であった。

その鼻も、眼も、太い。

頭部も、首も、肩も太い。

その男の視線までもが太かった。

その肉体の存在感の、なんという太さであることか。

脚も太かった。

その太股も、脹脛《ふくらはぎ》も、余りに太すぎるため、胡

坐を組んでいる脚が窮屈そうに見えた。胡坐の内側のどこにも透き間がない。

「こりゃあ、やるよ、こりゃあ」

その男は、巽に向かって嬉しそうに言った。

楽しくて楽しくてたまらない――子供のように見えた。

その時、ゴングが鳴った。

2

どちらも、すぐには相手に突っ込んで行かなかった。

静かに、小さく、動いている。

互いに距離をとっていた。

まだ組み合えない距離であった。

ハリケーンの方は爪先でリズムをとっている。

ガスタオンの方は、ベタ足で、間を測《はか》っている。

それが見てとれる。

間合の取り合い。

距離の取り合い。

両者が、見えない何かをそこで取り合っているのがわかる。

どちらもそれを相手から奪えないでいる。

たまらない緊張感がそこに満ちていた。ふたりの間の空間が、ふたりが小さく近づいたり離れたりするたびに、粘っこく糸を引いているようであった。

その糸が、細くなったりして切れない距離――反対に本体がくっついて糸が消滅したりしない距離。そういう距離の間を、ふたりの肉体と意識が行き来しているのがわかる。

ぎりぎり、数ミリのところまで近づき、あとひと呼吸でその間合が取れるかという時に、一方がいやがって、すっと距離を取る。

次には、逆の一方が、また距離を取る。

「おい、やる気があるのか」

そういう日本語の野次《やじ》が幾つか飛んだ。

馬鹿な——

と巽は思う。

こいつらは、やる気がある。

やる気があるからこそ、こういう状態になっているんじゃないか。

それがわからないのか。

おれにはわかる。

おれにはそれがわかるぞ。

巽は、息苦しくなっていた。

知らぬうちに喘いでいた。

口を開けて呼吸をしている。

呼吸をするたびに、狂気に近いものを、自分の内部に感じている。

あの時、力王山と向きあった時、自分の内部に感じたものだ。

扉が開きそうな予感がある。

自分の内部から、肉の扉を押し開いて、何者かが出現しそうな気配が——。

もう、三分近くがたったはずであった。

しかし、リングの状態に変化はない。

いや、変化はあった。

ハリケーンの方が、この間合の取り合いに焦《じ》れてきているのである。

動きが、荒くなっている。

自分の間合でない時に、タックルに入りそうになる。

ハリケーンは、そうしそうになる自分に、必死に耐えているようであった。

凄い精神力であった。

客が、騒ぎ始めていた。

馬鹿か!?

と巽は思う。

おまえら、わからないのか。

これが。

そうか——

と巽は思う。

こいつらは、これがわからないのだ。

これがわかるのは、選ばれた者だけなのだ。

ならば、これがわかっているおれは、選ばれた者なのだ。

何ものによって選ばれたのか？

巽は自問する。

天だ。

天によって、自分は選ばれているのだ。

扉が、また少し開く。

おれは、選ばれている——

巽の口元に、強烈な笑みが浮いていた。

その時——

巽は気がついていた。

それに。

それ——ハリケーンの腹にある傷に。

その傷は、刃物傷であった。

刃物で突かれた傷。

その傷のある場所は——

あいつだ。

巽は、その男の正体に気がついた。

あいつは、アメリカ人なんかじゃない。

ブルー・ハリケーンなどと名のって覆面なんか被《かぶ》っているが、あいつはあの川辺という男じゃないか。

チコに、腹を刺されて、けろりとしていた男。

力王山に、ただ無抵抗でぶん殴られていた男。

川辺の眼が、尖《とが》っていた。

ぎらぎらと光っている。

ちぎれそうな眼をしていた。

行く気だ——

と巽は思った。

川辺！行くな。

巽は思った。

焦《あせ》るんじゃない。

そう思った時、川辺は動いていた。

その、道衣の男、ガスタオン・ガルシーアに向かって、頭を低くしてタックルに行っていた。

3

川辺が負けた。

巽はそう思った。

間合の取り合い、距離の取り合い、呼吸の取り合い、あるいはもっと別の何か。

つい今まで、リング上で行われていた何かの勝負に、川辺が負けたのだと思った。

だんだんと、川辺がそれに耐えられなくなったのだ。それが何かと言えば、観客の視線であるかもしれない。

どうしたんだ、何をやってるんだと観客に言われているうちに、それに耐えられなくなったのだ。

何故か。

それは、おそらく、川辺がプロだったからだ。プロのレスラーだったからだ。観客に、自分の試合を見せて金をとるプロレスラーだったからだ。

少なくとも、そういう要素はあったろう。

それに、ガスタオン・ガルシーアは、平然と耐えた。

観客が、何と言おうとかまわない。

観客が、その試合をつまらないと言おうとかまわない。観客がいようがいまいが、自分の闘い方は変わらない——ガスタオン・ガルシーアは、無言でそう言っているように見えた。

しかし、ハリケーンのタックルは強烈だった。

正面から。

ガスタオン・ガルシーアが、どうそのタックルを受けようと、身体ごと飛ばされてしまいそうに見えた。だが、ガルシーアは飛ばされなかった。

飛ばされずに、退がった。

ハリケーンのタックルを受け、その力を殺さずに、抱き合ったまま後ろに退がって、ガルシーアは、ロープに自分の背を預けた。

そのロープがたわみ、そこで完全にハリケーンのタックルの勢いが殺された。

反動で、ロープがもどってゆく。

その時——

信じられないことがおこっていた。

ロープの反動を利用して、ガスタオンが、自分の体重をハリケーンに浴びせていったのである。そうしながら、右足を、外側からハリケーンの左足に掛け、刈ったのである。

ハリケーンが、マットの上に仰向けに倒れた。

ふたりの身体が重なった——と見えた時、ガスタオンが、仰向けになったハリケーンの腹の上に、馬乗りに跨《また》がっていたのである。

いつそうなったのか、巽にはそれがわからなかった。

偶然なのか。

しかし、ガスタオンの様子を見る限り、それが偶然であるとは思えなかった。

ガスタオンの動きには、迷いがなかったからである。

ガスタオンは、跨がったまま、上から、ハリケーンの顔に、パンチを浴びせはじめた。

ひとつ、ふたつ、みっつ——

強いパンチではない。

ハリケーンがあの川辺なら、充分に耐えられるパンチだ。

ハリケーンは、下で、両腕で顔面をガードした。

しかし、それでも、パンチはガードをくぐり、半分近くがヒットする。

日本人の観客から、異様なざわめきが起こっていた。

倒れた人間の上に馬乗りになって、上からパンチを浴びせる。

まるで、子供の喧嘩ではないか。

プロの、金をとって観客に見せるような試合ではないではないか。

そういう観客のどよめきと、心の動きが、巽にはわかった。

しかし――

その時、巽は鳥肌を立てていた。

今、リング上で何が起こっているのか、はっきりとはわからない。わからないが、異様なことが起こっている――それはわかる。

その異様なことに対して、自分の内部の何かが反応しているのである。

背が、むず痒い。

何か、無数の小さな虫が、皮膚のすぐ内側を、肉に小さな爪を立てて這い登ってこようとしているようであった。

ガスタオンの打撃は続いていた。

よっつ、
いつつ、
むっつ、
ここで、ハリケーンはブリッジをして、ガスタオンを腹の上から跳ね上げようとした。

しかし、大きく身体を浮かされながら、ガスタオンはそのポジションを維持した。

一度。

二度。

三度。

しかし、跳ね踊る猛牛の上で、みごとにバランスをとっているロデオの競技者のように、ガスタオンはハリケーンの上に跨がり続けた。

まるで、ハリケーンの上で、ガスタオンがダンスを踊っているように見えた。

ダンスを踊りながら、隙を見ては、上から拳を打ち込んでゆく。

ななつ、

やっつ、

ここのつ、

十《とお》。

ここで、ハリケーンが、パンチをいやがってその体勢を変えようとした。

仰向けの体勢から、俯せになろうとしたのである。

「やめろっ！」

ここで、巽は、声を出していた。

わざとだ。

あれは、わざとやったのだ。

ガスタオンが、ハリケーンを俯せにするために、わざと自分の両脚の間に透き間を作ったのだ。ああやって、ぬるいパンチを上から打ち込んだのも、拳を痛めないためというよりは、ハリケーンを俯せにするためだったのだ。

巽はそれを直感した。

やめろ、川辺——

ハリケーンが俯せになった瞬間、それを待っていたかのように、ガスタオンがその背に密着した。

背後から、ハリケーンの首に、ガスタオンの腕がからんでゆく。その手が、ハリケーンの顎の下に這い込もうとする。

ガスタオンの手首を握って、ハリケーンがそれをはずす。

はずしても、すぐにまたガスタオンの手が這い込んでくる。

右手をはずせば、次には左手が。

左手をはずせば、次には右手が。

右手をはずせば、また左手が。

それをはずせば、次には右手が。

それをはずせば、また左手が。

顎を引いて、ハリケーンがこらえる。

一方的であった。

攻撃をかけているのがガスタオンで、ハリケーンは、ただそれをしのいでいるだけだ。

ぱん、
と、ガスタオンが叩いた。

右掌で、ハリケーンの右耳を。

ぱん、
と、また叩いた。

左手で、ハリケーンの左耳を。

右。

左。

右。

左。

ぱん。

ぱん。

ぱん。

なんということか。

鼓膜を破ろうとしているのか。

耳の穴を平手で叩いて、鼓膜を破ろうとしているのか。

巽が驚いている。

耳を、平手で叩けば、鼓膜が破れることを、巽は、喧嘩の経験知でわかっている。

しかし、喧嘩の最中は、わざわざ鼓膜を破ろうとして、相手の頭部へ打撃を入れるのではない。

鼓膜が破れるというのは、あくまでも頭部に打撃を加えあった結果として、そこにあるのであって、初めから鼓膜を破ることを目的として、相手の耳を攻撃したりはしない。

　ぱん。

　ぱん。

　ぱん。

　それは、しかし、鼓膜を破ろうとしているのではなかった。

　耳の奥にある三半規管——人間のバランスを保つ機能を持った部位に打撃を加えて、バランスを失なわせようとしているのである。

　ハリケーンが、それをいやがって、首を振った。

　首と顎の間に、透き間ができた。

　すかさず、そこに、ガスタオンの左手が這い込んでいた。

　夢中で顎を引いて、ハリケーンが、ガスタオンの左手を、顎と喉の間に挟み止めていた。

　しかし、ガスタオンは少しも慌てていなかった。

　相手が何をやろうと、それに対してとるべき方法はいくらでも考えてあるように見えた。

　右手で、ガスタオンは、ハリケーンの頭部を叩き始めた。

　頭の上部を、右の掌底《しょうてい》で、横から。

　叩かれる度に、ハリケーンの頭部が揺れる。

　頭部が揺れる度に、少しずつ、少しずつ、ガスタオンの左手が、ハリケーンの顎の下に潜り込んでゆく。

　何度も、何度も叩いた。

　そして、叩く度に、数ミリずつ、ガスタオンの手が、潜り込んでゆくのである。

　たまらない光景であった。

　巽は、空気を求めて、口を開け、激しく喉を鳴らした。

　腕が、入った。

ガスタオンの両脚が、ハリケーンの胴に巻きついた。

ガスタオンの両腕がロックされる。

チョーク・スリーパー。

裸締め。

頸動脈を締める技だ。

ハリケーンが、暴れた。

身体を激しく揺さぶって、両手をマットに突き、立ちあがろうとする。

ハリケーンの背に乗っていたガスタオンが、仰向けになった。

ガスタオンの腹の上に、ハリケーンが仰向けになっている。

しかし、まだ、スリーパーが入ったままである。

ガスタオンの左手首を、ハリケーンが両手で握り、強引に腕力でひきはがそうとした。

はがせない。

ハリケーンが、もがいた。

そして——

ふいに、ハリケーンが動かなくなった。

一秒。

二秒。

三秒。

四秒。

ガスタオンが、ハリケーンの下で、腕をほどいた。

それでも、ハリケーンは動かない。

ぐったりとした肉塊と化したハリケーンの下から、ゆっくりとガスタオンが這い出てきた。

ガスタオンが立ちあがる。

ゴングが、激しく打ち鳴らされていた。

試合を、最後まで止めようとしなかったレフェリーが、ハリケーンに駆け寄った。

ハリケーンは、動かない。

若手の日本人レスラーが、リングの上に駆け寄って、ハリケーンを囲んだ。

ガスタオンは、眉すらも動かさずに、リングの中央に立ち、まるで獣の王が、自らの支配地である見渡す限りの草原を見やるように、周囲に視線を放っていた。

どうだ。

その佇《たたず》まいが、そういっている。

叫んではいない。

静かな、しかし、よく通るとはいえない声が、そう言っている。

汗をかいていなかった。

呼吸を乱してもいなかった。

まるで、特別なことをしたようには見えなかった。

常と同じ、日常の中にいる——それが、そのリング上でのガスタオンの佇まいであった。

ガスタオンの弟子たちであろうか。

彼らが、ロープをくぐってリングの中に入ってきて、ガスタオンを囲んだ時にも、ガスタオンは静かに微笑しただけであった。

今日、このリングの上で、特別なことは何もおこらなかった。——ガスタオンは、確信犯であった。

最初から最後まで——。

巽は、それがわかった。

今日、このリングで、ガスタオンは常にそこで何がおこっているのか、これから、何がおこるのかを知っていたのだ。

そして、リング上では、ガスタオンの知っていることしかおこらなかったのだ。何がおこったとしても、そのあらゆる瞬間において、ガスタオンは、それに対して自分がなすべきことを知っていた。

それを、巽は確信した。

凄い。

巽は戦慄《せんりつ》していた。

鳥肌が立った。

こういうような闘い方が存在するのか、そう思った。

ただ、ひたすらに殴り合うのではない。

冷静に、理詰めに、相手の精神と肉体を追いつめ、最後に詰める。

ガスタオン・ガルシーア。

なんという男か。

4

「くうっ……」

声をあげたのは、巽の横にいた、あの太い男であった。

「世の中には、おもしれえやり方があるもんだねえ」

見れば、その太い男は、巽に視線を向けて笑っている。

楽しくて楽しくてたまらないといった、子供のような眼をしていた。

「あんたの言う通りだったねえ」

太い男は言った。

「おれの？」

「ハリケーンがさ、タックルに行った時に、やめろって言ってたぜ」

太い男は、試すような眼で、巽を見ていた。

声に出していたのか。あの時——と巽は思った。

「ハリケーンが、俯せになろうとした時も、やめろって言ってたぜ」

言ってたのか、おれが。

「何故、そう思ったんだい」

太い男が訊いてきた。

何故か!?

問われて、巽は自問した。

何故、俯せになってはいけないと思ったのか。

ああいう技術を、自分は知っていたわけではない。

しかし、何故、自分はそう思ったのか。

一見、何の技術もないように見える、馬乗りになってのパンチ。

あれも技術だ。

巽は、そう思った。

あの、馬乗りになることにも、技術がある。

それはわかる。

具体的に、それがどういう技術かはわからないが、技術であることはわかる。

しかし、自分は、それを知っていたわけではない。

知らない。

知らないのに、やめろとハリケーンに向かって叫んでいた——

「ガスタオンが、そうさせたがっているように見えたからです」

巽は、正直に言った。

ガスタオンが、ハリケーンに、俯せになってもらいたがっている——そのように巽には思えたのだ。

相手がやって欲しいことをやってしまうことは負けることだ。だから、本能的に、あの時自分は、やめろと叫んだのだ。

「ま、そういうことだわなあ」

その太い男がそう言った時、会場に声が響き渡った。

「皆さん、お聞き下さい」

ポルトガル語であった。

ひとりのブラジル人が、マイクを握って、何かをしゃべっていた。

ガスタオン・ガルシーアではない。

別の人間だ。

ガスタオンは、マイクを握っているその男の横に、静かに立っているだけだ。

すでに、ハリケーンの姿はリング上になかった。自分の足でリングを降りたのか、それとも仲間に抱えられて降りたのか。

「今日、ガスタオン・ガルシーアが勝ったのは、彼が身につけているガルシーア柔術のシステムが、たいへん優れたものであったからです」

マイクを握った男は、会場を見回わしながら言った。

「ガルシーア柔術は、どのような格闘技とバーレッウズで闘っても、負けることはありません」

そこで、マイクを握った男は言葉を切り、会場と自分の呼吸を整えようとするかのように、間を置いた。

そして——

「この場で、ガスタオン・ガルシーアは、日本の格闘家である力王山に挑戦を表明したいと思います。時間、場所、それは、いつでもどこでもかまいません。力王山が真の格闘家であれば、ガスタオンの挑戦を受けてください」

その声が会場に響いた時、観客席全体が、沸騰した。

何かが爆発したような騒ぎとなった。

その騒ぎの間、ガスタオンは、ひと言もしゃべらなかった。

手を挙げることもなく、ポーズをとることもしなかった。

静かに一礼をして、ガスタオンはリングから降りていった。

「どのような格闘技と闘ってもか……」

巽の横で、太い男がつぶやいた。

「こりゃあ、ぜひとも、試してみなくちゃあなあ」

太い男は、右手を握ってみせた。

太い、自然石のような拳であった。

「試す？」

巽が訊いた。

「ああ」

太い男は、うなずいた。

拳を持ちあげて、

「こいつが当って、立っていたやつはまだひとりもいないんだよ」

そうつぶやいた。

「ガスタオンが、どうなのか、それを試してみたいねえ」

気負いも、何もない言葉であった。

自分が今口にした通りのことを、本当に試してみたいと、その太い男は本気でそう考えているようであった。

太い男が、巽に向かって微笑した時——

静まりかけていた会場が、また、騒がしくなった。

最後のメインに出場する選手が入場してきたからである。

ジャック・ニコルソン。

アメリカの、WWWAの現チャンピオンである。

身長、一九六センチ。

体重、一三五キロ。

その肉体を、きらびやかな金色のドレスのようなガウンに包んで、ジャック・ニコルソンは登場した。

金髪。

鼻が高く、眸は碧《あお》い。

ニコルソンがリングに上って、片手を上げると、まるで、その片手に指揮されたように、会場が大きくどよめいた。

「しかし、こいつは、やりにくいだろうぜえ、力王山も……」

太い男がつぶやいた。

「あの後じゃあなあ。何か仕掛けなきゃあ、どうしようもねえだろうなあ」

何だか状況を楽しんでいるような口振りであった。

「このまま、放っておくタマじゃあねえわなあ——」

太い男は、何かを見とどけようとするかのように、太い二本の腕を胸の前で組んだ。

そして——

力王山が現われた。

5

派手な入場ではなかった。

ジャック・ニコルソンのように、派手なガウンを着ているわけでもなかった。

ガウンの色は、ただの白。

その背に、鮮やかな赤で、丸い日輪が描かれているだけであった。

日本の国旗をデザインしたものだ。

しかし、花道に、力王山がその姿を現わしただけで、会場の呼吸がたちまちひとつになってしまった。

最初におこったのは、獣のような咆哮《ほうこう》であった。

会場全体が、巨大な一頭の獣と化したように、観客全体が、吼えたのである。

続いて、それが、地鳴りのように広がった。

その波のとどろきに押し上げられるように力王山がリングに立ったのである。

翼は、まるで、眩《まばゆ》い光が、突然リング上に出現したのかと思った。

ガウンは、ジャック・ニコルソンほど、ゴージャスでもなく派手でもないが、その肉体が纏《まと》っているオーラは、明らかに力王山の方が上であった。

　身体も、力王山の方が、ジャック・ニコルソンよりも、ひとまわりは小さい。

　しかし、それが、小さく見えなかった。

　そのガウンの内側から発するもので、力王山が放つ光芒は、ジャック・ニコルソンを圧倒していた。

　これが、あの時の男か。

　巽はそう思った。

　自分と向きあった時も、あの男は、その肉体から強烈なものを放っていたが、まるで、あの時は猫を被っていたかのようだ。

　今、リング上にいる力王山は、まるで別人のようであった。

　にこやかに、その唇に笑みを浮かべている。

　大きな笑みだ。

　ひき込まれそうになる。

　もし、英雄の相というようなものが人の貌にあるのなら、それはまさしく、このような顔のことを言うのであろう。

　六万人から七万人はいるであろうと思われる観客が放つものを、その肉体に受けながら、この男は、まるで萎縮していない。この男は、それを、その肉体ひとつで、受けてたっているのである。

　七万人の視線に負けないものを、この男の肉体が放っているのである。

　むしろ、見られれば見られるほど、この男の肉体は、その輝きを増してゆくようであった。

　人から、見られるということは、こういうことなのか。

　観客の視線は、この男の肉体の中に染み込んで、さらに強いエネルギーとなってこの男の肉体から放たれるのだ。

　この男は、観客の視線を喰っている。

　巽は、そう思った。

観客の視線を喰い、それを、この男は自分の力にしているのだ。

なんという男か。

巽は、圧倒的なものを見るような眼つきで、リング下から、力王山を見あげていた。

リングアナウンサーが、日本語で、ジャック・ニコルソンをコールすると、両手を挙げてジャックがそれに応え、ガウンを脱ぎ捨てた。

みごとな、分厚い肉体が現われた。

大胸筋《だいきようきん》が発達し、前に大きくせり出している。

筋肉と筋肉の間にある脂肪を、スプーンでこそぎ落としてしまったかのように、無駄な肉がない。

全身が、鋼鉄のバネでできているようであった。

次に、力王山がコールされた。

力王山が、ガウンを脱ぐ。

これもまた、極めつきの肉体が、ガウンの下から姿を現わした。

ニコルソンほど、筋肉に凹凸はない。

しかし、なんというその胸全体の厚みか。

肉全体が、厚い鉄の板を、その皮膚のすぐ内側に重ねて入れたように、分厚く膨らんでいるのである。

首が、異様に太い。

身長は、明らかにジャック・ニコルソンより低いというのに、肉の量ではジャックに負けていないのである。

とてつもない肉体であった。

黒い、ロングタイツに包まれた脚は、子供の胴ほどの太さであった。

力王山は、満面に笑みを浮かべたまま、WWWA王者のジャック・ニコルソンに向かって歩み寄っていった。

ジャック・ニコルソンの前で立ち止まり、力王山は鷲のように大きく両腕を広げ、ジャックの身体を抱擁《ほうよう》した。

　これを、同様の笑みでジャック・ニコルソンが受け、力王山の身体を抱擁した。

　観客から、声援が飛んだ。

　試合前に、闘う者どうしが、互いに称《たた》えあうという風景である。

　誰の眼にも、そう見えた。

　しかし——

「やりやがったな、力王山——」

　巽の横で、太い男が、太い唇を小さく吊りあげて言った。

　それは、力王山が、抱擁を解いて、ジャック・ニコルソンから身体を離した時であった。

　力王山が、ジャック・ニコルソンの前で、顔にこれ以上はないという笑みをたたえているというのに、ジャックはそうではなかった。

　ジャック・ニコルソンの表情が、一変していたのである。

　その顔に、笑みを浮かべてはいる。

　しかし、ジャック・ニコルソンの笑みが、ひきつっていた。

　その顔から、血の気がひき、ハンサムなその顔が変貌していたのである。

　その表情の変化が、リングサイドから見あげている巽には見てとれたのである。

「何をやったと？」

　巽は訊いた。

「まあ見ていな」

　太い男は言った。

「見ていりゃ、わかる」

　太く、低い声であった。

6

試合が始まった。

ゴングが鳴った時、観客は、リング上に信じられないものを見た。

それは、狂気であった。

チャンピオン、ジャック・ニコルソンが、ゴングと同時に、突っかけたのである。

力王山に走り寄り、いきなり、右の拳で、力王山の顔面を殴りつけたのであった。

力王山の鼻がひしゃげ、そこから、大量の血が流れ出した。

あっという間に、力王山の顔が血ダルマになった。

観客が悲鳴をあげた。

しかし、それでも、ジャック・ニコルソンは攻撃の手をゆるめなかった。

狂気――

まさしく、その時、ジャック・ニコルソンにとりついていたのは、そういうものであった。

殴った。

殴り続けた。

たちまち、ジャック・ニコルソンの顔も、返り血を浴びて、血の入った洗面器に顔をつけたようになった。

その金髪も、血に染まっていた。

しかし、ジャック・ニコルソンは、その攻撃をやめようとはしなかった。

しかし、リング下から、巽は見ていた。

顔面を血に染めながら、力王山が笑っているのを。

力王山は、ジャック・ニコルソンに殴られながら、血の笑みを浮かべていたのである。

7

笑みを浮かべている力王山の口に、ジャック・ニコルソンの右のパンチが打ち込まれた。

力王山の口から、白いものが宙に飛んだ。

折れた歯であった。

力王山がリングの中央に、仰向けに横たわった。

ジャック・ニコルソンは、間を置かなかった。

両足でジャンプし、力王山の腹の上に、全体重を乗せた両膝を落とした。容赦のない膝落としだ。

膝が、力王山の腹にめり込んだ。

力王山が、その口から、

ぶっ

と赤いものを吐き出した。

血の色をしたもの。

しかし、それは、血だけではない。

胃の中に入っていたものまで、一緒に力王山は吐き出したのである。

リングサイド——巽のいる場所まで、酸《す》っぱい臭いが漂ってきた。

ほとんど、一方的な殺戮《さつりく》であった。

反撃らしい反撃を、力王山はしなかった。

いやできないのか？

手を抜いた攻撃ではない。

力のこもった、本気の攻撃が、力王山の肉体に、さっきから打ち込まれているのである。

それを受けながら、力王山は、笑みを浮かべていた。

何をやられている時でも、血ヘドを吐いている時でも、力王山のその口から、その笑みが消えることはなかった。

ジャック・ニコルソンは、仰向けになった力王山の上に、カバーに入らなかった。普通のプロレスならば、仰向けになった力王山の身体の上に、自分の身体を被せにゆくところだ。フォールして、力王山の両肩を三秒間マットにつければ、ジャック・ニコルソンの勝ちである。

しかし、ジャック・ニコルソンはそうしなかった。

むっくりと、笑いながら起きあがりかけた力王山の右腕を、ジャック・ニコルソンが取った。

まだ、尻を突いている力王山の背後にまわって、片膝を突き、取った右腕をねじりあげてゆく。力王山の右腕が、一本の棒のようになっている。

脇固めの変形だ。

ごつん。

という、不気味な音が響いた。

力王山の右腕が、異様な角度で天に向かって持ちあがっていた。

観客の悲鳴があがった。

力王山の右肩の関節がはずれたのである。

ジャック・ニコルソンが、手をはなして立ちあがった。

これで終ったか⁉

そういう眼であった。

しかし、力王山の口には、まだあの笑みがへばりついていた。

大の男でも転げまわるほどの激痛があるはずであった。わざと笑みなど浮かべていられるはずはない。

しかし、力王山は、まだ微笑していたのである。

微笑しながら、ジャック・ニコルソンを見あげていた。

ジャック・ニコルソンは、その顔をひきつらせていた。恐怖で顔が歪んでいる。

ゆっくりと、力王山が立ちあがってくる。

ジャック・ニコルソンは、絶望的な眼で、周囲を見回わした。

助けてくれ。

誰か、このおれを助けてくれ。

そういう眼だ。

しかし、誰も助けにはこない。

観客が、騒然となった。

そのリングに、異様のものを見たからである。

立ちあがった力王山のだらりと下がった右腕が、左腕よりも、十センチ近くも長くなっていたからである。

肩関節がはずれて、靭帯《じんたい》と筋肉が伸びているのである。

場内が、不気味な緊張で、一瞬、静まりかえった。

力王山は、笑みを浮かべたまま、左手で右腕の肘を抱え、それを上に持ちあげた。

数度、何かの角度を調整するように、抱えた右肘を動かし、力王山は自分のコーナーのコーナーポストに、右腕からどんとぶつかっていった。

ごりっ

とまたいやな音がした。

右腕の長さが、もとにもどっていた。

はずれた肩関節を嵌《は》めるのは、はずれる時以上の激痛をともなう。大の男でさえ、悲鳴をあげる。それを、力王山は、呻《うめ》き声さえあげずに、自分でやってのけたのだ。

血みどろの力王山が、笑っていた。

笑った唇の間から、血がぬらぬらとからみついた白い歯が見えていた。

「スリー・ミニッツ・パースト（三分過ぎたぜ）」

――」

力王山が、小さな声で囁《ささや》いた。

リングサイドにいる人間に、やっと届く声だ。

場内の静けさが、いつの間にか、別のものに変貌しつつあった。

まるで、急速に流量を増してゆく川の轟《とどろ》きのように、場内に満ちてくるものがあった。

熱気。

期待。

悦び。

まだ、そう呼べるものになりきっていない感情の渦。

それが、次第に昂《たか》まってゆく。

昂まってゆくうちに、それは、はっきりとした熱気となり、期待となり、悦びになってゆく。

次は――

次は力王山の番だ。

場内の誰もが、力王山の反撃を期待しているのである。

それを望んでいるのである。

場内に、それが満ちてゆくのを待つように、力王山は動かない。

ただ、笑っている。

相手のジャック・ニコルソンは、怯えて、頬をひくつかせている。

場内の熱気が、沸点に達していた。

場内のあらゆる空間が、音をたてて沸騰した。

「やれ！」

「やっちまえ！」

「リキ!!」

その歓声を、シャワーのように、血まみれの全身で力王山は浴びている。

「へえー」

巽の横で、太い男が、感心したような声をあげ

た。

「たいしたタマだぜえ。力王山め、ガチンコのまま、プロレスをやろうとしてやがる……」

「ガチンコ？」

巽が、思わず声を出した時、ひときわ場内の歓声が高くなった。

力王山が、ジャック・ニコルソンに向かって歩き出したからである。

ゆっくりと。

一歩。

ジャック・ニコルソンが、下がる。

それを、力王山が、ゆっくりと追う。

鷲の翼のように両手を上に持ちあげ、歩いてゆく。

ジャック・ニコルソンが下がる。

力王山は、同じ速度で、ジャック・ニコルソンを追ってゆく。

そろり、そろりと動いてゆくだけなのに、結局、ジャック・ニコルソンはコーナーに追いつめられ、そこで動けなくなっていた。

力王山が、凄まじい笑みを浮かべた。

草食動物を追いつめた時、肉食獣が笑みを浮かべるとしたら、そのような顔になるだろうか。

情の、ひとかけらもない笑み。

飢えを満たせることの悦び。

殺戮することの悦び。

弱い者を、力で自由にする悦び。

その笑みを見て、ジャック・ニコルソンが狂った。

声をあげて、力王山に殴りかかってきた。

その頭部を、力王山は、まるで抱擁しようとするかのように、両手で包んだ。

両手でジャック・ニコルソンの頭部を挟み、自分の方に引き寄せたのである。

その瞬間、吐き気を催すような悲鳴が、ジャック・ニコルソンの口からあがった。

引き寄せたジャック・ニコルソンの顔面に、力王山の額が正面からぶつかった。

かたちのいいジャック・ニコルソンの鼻が、その一撃でひしゃげていた。

しかし、それで終りではなかった。

ジャック・ニコルソンは、みっともないほど手足を揺り動かして、悲鳴をあげ続けていた。

子供のようであった。

力王山は、両手で挟んだジャック・ニコルソンの頭部を、無造作に下に引き下ろした。

下がってくるジャック・ニコルソンの顔面に、力王山の右膝が下から跳ねあがって、めり込んだ。

ジャック・ニコルソンが、静かになった。

力王山の膝から顔が滑り落ちてゆく。そのまま、マットの上に崩れ、仰向けになって動かなくなった。

眼を開いたまま、ジャック・ニコルソンは悶絶していた。

上下の前歯が、きれいになくなっていた。

血の混じったよだれとともに、大量の歯を口の端からこぼしながら、ジャック・ニコルソンは、小さくその肉体を痙攣《けいれん》させているだけであった。

力王山は、両手を高だかとあげて、ライトの中で歓声を浴びながら微笑していた。

8

巽は、そこに立ちあがっていた。

鳥肌が立っていた。

背が、凍りついてしまったようであった。

おそろしいもの。

強烈なものを見てしまったからだ。

しかし、この会場で騒ぎ、歓声をあげている人間の、いったい何人がそれに気づいているのか。

自分の歯が、小さくかちかちと鳴っている。

怯えているのか⁉

いや、そうではない。

そうではない。

自分は今、感動しているのだと思った。

今、見たものの凄まじさに、怯えているのではない。

悦んでいるのだ。

だから、鳥肌が立っているのである。

だから、全身が小刻みに震えているのである。

「おい」

横から、太い男が声をかけてきた。

「見たのかい、今のを?」

「あ、ああ――」

巽は、やっとうなずいた。

では、自分の横にいるこの太い男も気がついたのだ。

見たのだ、今のあれを。

力王山が、あれをやったのを。

力王山は、ジャック・ニコルソンの頭部を両手で挟んだのではない。

両手の中指を、ジャック・ニコルソンの耳の穴に突っ込んだのだ。

それも、おもいきり。

あの太い指を、ふたつの耳の穴に強引に突っ込んだのだ。その、耳の穴に引っかけた中指で、ジャック・ニコルソンの頭部を、自由にコントロールしたのである。

それで、ジャック・ニコルソンは、右にも、左にも、もう動けない。

それで、あのようなみっともない悲鳴をあげたのだ。

　あのような悲鳴をあげた男は、もう、二度と、たちなおれないだろう。二度と、子供とだって、ファイトできなくなるだろう。

　そういう悲鳴であった。

　耳の穴は、裂けているはずだ。

　いったい、どれだけの激痛が、ジャック・ニコルソンを襲ったのか。

　力王山が、膝を入れ、気絶したことによって、ジャック・ニコルソンは、むしろ楽になったことであろう。

　しかし、どうして、力王山はここまでのことをやったのか。

　普通のプロレスをせず、このようなことをしたのか。

　ジャック・ニコルソンが、もし、力王山を訴えたらどうなるのか？

　そうか。

　それで、力王山は先にジャック・ニコルソンに攻めさせたのか。

　先に仕掛けてきたのは、ジャック・ニコルソンだと皆に思わせるために。

　そう言えば、力王山が、試合前にジャック・ニコルソンを抱擁したあの時から、ジャック・ニコルソンが変わったのだ。

　いったい、何があったのか。

　その時、会場が、また騒がしくなった。

　リング上で、力王山が、マイクを握ったのである。

「銭《ぜに》だな……」

　ぼそりと、力王山は言った。

9

「おれはね、プロだよ」

力王山は、観客を見渡しながら言った。

「おれとやりたかったら、おれの前に銭を積みあげりゃあいいんだよ」

観客は、この突然の力王山の言葉に静まりかえっている。

そこに、力王山の声が響く。

「客から銭をとって、四角い土俵の上で身体はって何ぼの仕事をしてるんだよ。銭にならねえ仕事は、する気はねえよ」

力王山は、天を睨み、

「ガスタオン・ガルシーアだか何だか知らねえが、銭を出すんなら、いつだっててめえとやってやるって言ってんだよ。銭をとってるから、身体ァ張れるんだよ。銭なんかいらねえなんて言う奴ァ信用できないね。いいかい、この力王山は逃げねえからね」

はっきりと言いきった。

なんということを言うのか。

銭を出せ——

自分の闘うモチベーションは銭である。

力王山は、観客の前で、そう宣言したのである。

銭を出すのなら、誰とでもやると。

確かにそうだろう。

自分はプロだ。

プロだから、金をもらって闘う——

誰もが、納得のゆく、わかり易い理屈であった。

しかし、それを、現実に観客の前で口にしない。

たとえ、たてまえであっても、金なんかいらない。おまえと闘いたい。いつだってやってやる。普通はそのような言い方をする。

力王山は、そう言わなかった。

〝銭だ〟

観客の意識を、その強烈な言葉ではたいた。

マイクを投げ捨て、力王山は血みどろの顔に満面の笑みを浮かべ、両手を天に向かって持ちあげた。

その瞬間に、静まりかえっていた会場が爆発した。

「力王山、やれ」

「やっちまえ」

「誰か金を出してやれ!!」

「ガスタオン、金を用意しろ!!」

そういう叫び声があがった。

拍手と歓声で、会場全体が倍に膨れあがったように見えた。

「くーっ」

巽の横で、太い男が声をあげた。

「たまらん奴だなァ、力王山——」

その声を聴きながら、

〝同じだ〟

巽はそう思っていた。

〝あの時と同じだ〟

あの時、というのは、しばらく前、自分が力王山とやった時のことである。

〝プロレスを教《おせ》えてやろうか〟

あの時、力王山はそう言った。

〝来な〟

そう言って、この自分を挑発した。

凄い迫力があった。

それで、巽は力王山に拳を打ち込んだのだ。

その拳を、力王山はよけようとしなかった。

平然とそのまま顔に巽の拳を受けた。

力王山は、ほとんど何もしないに等しかった。ほとんど一方的に、巽の攻撃を受けたのである。

その時と同じことが、今、リングで行われたのである。

力王山は、ジャック・ニコルソンの攻撃を、ほとんどよけずにその肉体に受けた。

自分の時と同じである。

違っていたのは、力王山が、自分の時は殴られたまま終りにしたのに、ジャック・ニコルソンの場合は、力王山が途中から反撃に転じたことであった。

もしもあの時、自分があのまま力王山とやり続けていたら、自分は、今見たばかりのジャック・ニコルソンと同じ目にあわされたのだろうか。

耳の穴に太い指を突っ込まれ、みっともない悲鳴をあげさせられ、膝を顔面にぶちあてられて、悶絶することになったのだろうか。

背筋が寒くなるような思考であった。

しかし、不思議なことに、背中は凍りつきそうなほどの寒気《さむけ》を覚えているのに、血が熱くなっている。

何故、おれにはあそこまでやらずに、ジャック・ニコルソンにはあそこまでやったのか。

おれが相手じゃ、本気になれないというのか。

あいつ——

力王山のやつ。

このおれに、手を抜いたのか⁉

糞。

血が、ざわめいている。

本気で。

本気であの力王山とやってみたい。

あの力王山を本気にさせてみたい。

ぞくり、
と、怖いものが背を走りぬける。

ぞくり。

ぞくり。

いつの間にか、身体が小刻みに震え出していた。

恐怖の震えであるのか、ざわめく血が身体を震えさせるのか、それは巽自身にもわからない。

「おい、どうしたい？」

太い男の声が聴こえた。

「震えてるぜ」

わかっている。

わかっているが、この震えが止まらないのだ。

歓声の中で、力王山はリングを下り、花道を歩いて姿を消した。

それを、巽は、睨むように眺めていた。

と——

その時、巽に声がかかった。

「おい……」

低い、聴き覚えのある声が、巽の名を呼んだ。

振り向くと、そこに、川辺が立っていた。

顔が、誰かに殴られた直後のように、赤く腫れあがっていた。

ガスタオン・ガルシーアにやられたからだと、巽は思った。

やはり、川辺がハリケーンだったのだ。

「何だ……」

巽が言った。

「試合が終ったら、あんたを呼んでくるように、社長に言われてるんだよ」

「社長？」

「力王山だよ」

川辺は、短く言った。

それを聴いて、

「ほう——」

嬉しそうな声をあげたのは、太い男であった。

「あんた、力王山の顔見知りだったのかい」

10

湯のような熱気が、巽の周囲に渦巻いていた。

人いきれの中を、巽は歩いている。

人の肉体が、周囲から巽の身体を圧してくる。

野外とはいえ、大気はほとんど動いていない。

汗だけが出てくる。

風らしきものといえば、動く人間の肉体が作った、ぬるい空気の流れだけだ。

川辺の背が、巽の前にある。

力王山の控室は、ちょうど客席の下にある。

巽の後ろから、ころりとした体軀の、太い男がついてきていた。

立ちあがった時に見たその男は、日本人としては大きかった。

一八〇センチはなさそうであったが、それに近い身長はありそうであった。

もりもりとした肉体であった。

肉の中に充満する何かのエネルギーが、この男の肉体をぱんぱんに膨れあがらせているように見えた。

しかし、でぶという印象からは、その肉体はほど遠かった。その男の身体が纏っているのは、脂肪ではなく、まぎれもない筋肉であった。

しかし、ごつごつの、肉体ではない。

身体が、筋肉でふくれあがっているのに、全体の印象は、丸みを帯びていた。

ウェストが、特別に細くて逆三角形をしている――という肉体ではない。

身長はそこそこあるのに、ずんぐりして見えるのは、あまりに筋肉の量が多いからであった。

年齢は、三〇歳前後であろうか。

後方にいるのに、その男から発せられている肉の温度、圧力のようなものが背後から巽を襲ってくるようであった。

その太い男は、楽しそうに、ふんふんと鼻唄を歌っている。

スタジアム客席の下に入るドアの前は、人だかりがしていた。

その中にいる力王山を見ようと、観客たちがドアの前に群らがっているのである。

ドアに近づこうとする人間たちを、何人かの若手らしいレスラーが押しもどしている。

川辺は、人混みを分けて、前へ進んでいった。

川辺が近づくと、若手たちが人を横へのけて、そこに通路を作った。

無言で、川辺がドアに近づき、ノブを握って、それを押した。

ドアが開いた。

ドアをくぐる。

川辺。

そして、巽。

「よう」

低いが、くったくのない声が巽の後方から聴こえた。

関係者のような顔で、その太い男は、巽たちと一緒にドアをくぐってきたのである。身体が、常人とは違うため、誰が見てもプロレスの関係者と勘違いしてしまうだろう。

あるいは、この太い男は、本当に関係者なのかもしれない。

通路もまた、人でごったがえしていた。

濃密な、様々な人種の汗が入り混じった臭い。

通路を歩いてゆくと、その先に、ひと際、人だかりのしている場所があった。

左側の壁にドアがあり、そのドアが開いていた。

そのドアの向こうの部屋から、人が溢れ出てきてそこに溜まっているように見えた。

そのドアの向こうの部屋で、時おり、フラッシュの閃光が光る。

密度の増した人混みを、川辺が掻き分けてゆく。

やっと、ドアをくぐったところで、動けなくなった。

凄い人垣であった。

しかし、身長が一九〇センチを超える巽は、その人垣の向こうの光景を見ることができた。

その部屋の奥の壁を背にして、力王山が折りたたみのパイプ椅子に腰を下ろし、タオルで、額と身体から流れ落ちる汗をぬぐっていた。

その力王山から、半径二メートルあたりのところから人垣は始まっていた。

前列の何人かは座っているが、その後ろはもう立っている。

カメラマンが、三〇人くらい。

そして、メモ帳を手にして、力王山にインタビューしようとしている男たち。

あれほど殴られたというのに、力王山の顔や鼻からの出血はもう止まっていた。

けろりとした顔に、満面の笑みを浮かべて、力王山はインタビューに答えている。

「試合前、ジャック・ニコルソン選手に、何か言っていたようでしたが……」

記者のひとりが訊いた。

日本語であった。

「そのあとで、かなり激しい攻撃を受けてしまいましたが、何と言ったんですか？」

「ニコルソンの耳元で、囁いてやったんだよ」

力王山は、笑いながら言った。

「何と？」

「プロレスは八百長だってさ――とね」

英語でそう言ってやったんだと力王山は言った。

その言葉に、質問をした記者の方が言うべき言葉を失ってしまった。

プロレスは八百長――プロレスの勝ち負けはあらかじめ決まっている――そういう噂や情報は、ブラジルにおいても、記者たちの間には伝わっている。

しかし、それを、直接レスラーに問う記者はひとりもいない。それをこういう場所で問うのは、ブラジルでもタブーである。

しかし、力王山自らが、それを口にしたのである。

記者たちの顔から、正常な笑みが消えていた。記者たちの顔に浮かんでいるのは、こわばった不自然な笑みであった。

プロレスについて、どのような情報が流れているにしろ、プロレスをやっている男たちが弱いとは誰も考えてはいない。いくら、どちらが勝つかはあらかじめ決められているといっても、どこかに、本気でやり合う部分を残しているに違いないとも思っている。

今の力王山の試合が、その本気の部分ではないかという気持が、記者たちの心の中には生まれている。

ジャック・ニコルソンのパンチが、力王山の顔面にまともに入るのも、力王山の膝が、おもいきりジャック・ニコルソンの顔面を潰すのも、記者たちはリングサイドから見ているのである。

本気としか見えない光景。

前の試合——ハリケーンとガスタオン・ガルシーアとの試合もそうであったし、力王山とジャック・ニコルソンの試合もそうだったのだ。

プロレスというものが、とても、ひと口では捕えられないものであると、記者たちはそこで深く認識している。

それを踏まえての、力王山の発言であった。

にこにこと平気で笑っているのは、力王山と、そしてもうひとり、巽の横に立っている太い男だけであった。

「ブラジルじゃ、みんながそう言ってるぜ——ってね、おれはそう言ってやったんだよ」

力王山が、楽しそうに言った。

くくっ、巽の横で、太い男が含み笑いをする。

嘘であった。

力王山は、嘘をついている。

試合前、ジャック・ニコルソンを抱いて、力王山がその耳元で囁いたのは、もっと別の言葉であった。

ジャック・ニコルソンの耳に口を寄せて、

「悪いな、この試合ガチンコになっちまったんだ」

力王山はそう言ったのである。

力王山は、ガチンコを、英語で〝シュート〟という言い方をした。

「馬鹿な」

ジャック・ニコルソンも、力王山の耳元に囁いた。

「本気で言ってるなら、おれはこのままリングを下りて帰る」

そう言ったジャック・ニコルソンを、力王山はさらに抱き寄せて、

「馬鹿……」

そう囁いた。

笑いながら、

「ここはブラジルだぜ」

力王山は言った。

「何!?」

「そんなことしたら、死ぬぜ、あんた」

優しい声で言った。

「あんたが、生きてブラジルから出てゆくには、ふたつの方法しかない。おれをここでぶちのめすか、おれにぶちのめされるかだ」

「おまえこそ、そんなことをしたら、この世界じゃ生きていけなくなるぜ。おれは、ＷＷＷＡのチャンピオンだぞ」

「今日までな」

「なんだと？」

「あんた、おれに売られたんだよ」

「売られた」

「ボスには、だいぶ、わがままを言ってたんだろう。会長のビンス・サンマルチノに前金を渡して、ベルトを売れと言ったら、実力で持っていくんなら好きにしろと、十万ドルで手を打ってくれたんだ。話はついてるんだよ」

「そんな、はした金で、ジャップにベルトを売るか――」

「だいじょうぶさ。一ヵ月後に、ニューヨークで、あんたの相棒とやって、ちゃんとベルトを返してやることになってる」

「――――」

「ただ、多少事情が変わっちまってな。予定よりあらっぽい試合になりそうなんだよ」

「リキ……」

「申しわけないんでな、最初は、おれからは仕掛けない。あんたに好きなようにやらせてやるよ。ただし、三分だけだ」

　それだけ言って、力王山は、ジャック・ニコルソンから離れたのである。

　それで、ジャック・ニコルソンが切れたのだ。

　プロレスが、いくら、リアルファイトではないと言っても、弱い人間がチャンピオンベルトを腰に巻くことはない。

　実力ナンバー・ワンとチャンピオンはイコールではないが、相手が試合中に仕掛けてきた真剣《シュート》を受けてたつ器量と度胸がなければ、ベルトを腰に巻いてはいられない。

　ジャック・ニコルソンは、フリースタイルのレスリングで、全米の学生選手権で一位になった人間である。

そこそこの実力もあり、力王山よりもふたまわりは身体も大きい。

その切れたジャック・ニコルソンを、力王山が逆に破壊してのけたのである。

試合前、ふたりがどういう会話をしたのか。

それを巽は、後に川辺から聴かされている。

しかし、この時、巽はまだそこまでのことはわかっていない。

「それで、ジャック・ニコルソン選手が本気に――」

そこまで言いかけた記者のひとりが、あわてて口をつぐんだ。

〝本気に――〟

ということは、それまでは本気でなかったと言ってるのと、同じであることに気づいたからである。

「そうだよ。奴が本気になったのさ」

記者が口をつぐんだことを、けろりとした顔で言ってのけた。

「しばらくは我慢しようとしたんだが、そういつまでもやられっぱなしというわけにゃいかないんでね」

「前の試合の影響はあったんですか」

「前の試合？」

「ハリケーンと、ガスタオン・ガルシーアの試合です」

「どういう影響があったと？」

「ガスタオン選手にあんなことを言われたんで、燃えたということは？」

「あんなこと？」

「挑戦されましたが、どうなんですか」

「聴いてなかったのかい、あんた？」

まだ、その声は優しかったが、どきりとするような響きがあった。

見えない刃物を、その声の中に潜ませているようであった。

「言った通りだよ。こちらの納得のいく金を積んでくれたら、いつだってやってやるということさ」

「具体的には、どのくらいの金額ですか」

　力王山は笑いながら、そう言った記者の方に視線を向けた。

「何故、あんたに、その金額を言わにゃいかんの」

　力王山は、頭を掻いた。

「おれはね、今日出場した選手にゃ、みんな、銭を払ってるんだよ。あのガルシーアにも、ジャックにも払ってる。この力王が、力王の顔で調達した銭だよ。その銭で納得したから奴等はリングに上ったんだよ。その金額を何故、あんたたちに言わにゃならんの。誰に幾ら払っているのかは、ビジネスの世界じゃ、一番のシークレットだよ」

　力王山の声が、どんどん優しくなってゆく。

　まるで、子供にしゃべっているような声音であった。

「まあ、ワシの納得のいく金額ってことだ。そう言うしかねえわなあ」

「ですから、幾らなら納得するかということなんですが」

　そこまで訊いた記者も勇気があるが、さすがに、声は小さくなっていた。

「だから、納得のいく金額ってえことだよ」

　力王山は、今、その記者だけに視線を向けている。

「ワシはねえ、銭さえ積まれりゃあ、死んだおふくろの顔だって、足で踏むよ」

　ぞろりと、凄まじいことを、力王山は言ってのけた。

「それが、プロさ。これで、おまんま喰ってる人間の心意気だよ。しかし、それにはそれなりの金を出してもらおうって言ってるんだよ――」

　これまで、おれ、と自分のことを呼んでいたのが、いつの間にかワシになっている。

「ガルシーアが、何を賭けて闘うのか知らんがね。ワシは、これまで、ワシが積みあげてきた、全てのものをその勝負に賭けるんだよ。相撲での名声。日本で築いたワシの名前。収入。ワシに勝った人間は、ワシがこれまでに手にしたワシの財産を全て手に入れることができるんだ。代りにワシの手元に残るのは、パンツかふんどしくらいだよ。女だって、強い力王だから付いてくるんだよ。負けた力王山からは、女だって逃げてゆくんだ。それを、ワシはよく知ってる。ワシが、それだけのものを賭けるだけの納得のいくマネーを出せとワシは言ってるだけだ。ガルシーア柔術だかなんだか知らんが、つべこべ言うのは、それだけの銭を用意してからにしてもらいたいとワシは言ってるだけだよ。

それはね、このワシの値段だよ。この力王のこれまでの人生の値段だ。それをあんた、このワシの口から、このワシに値をつけろというのかい。そういう値段は、このワシがつけるもんじゃない。ガルシーアがつけるべき値段だ。あんただっていい、あんた、このワシに幾らの値をつける？」

力王山は、そう言ってのけた。

記者は、言葉もない。

「ん？」

そう、もう一度問うてから、ふいに力王山は大きな声で笑い出した。

「そりゃあ、この力王山には、値段はつけられんわなあ」

汗が、もう、力王山の額からひきかけている。

その時——

ぽん、
ぽん、
という手を叩く音が聴こえた。

誰かが拍手をしているのだ。

巽のすぐ横からだった。

あの太い男が、太い唇に笑みを浮かべながら、力王山に向かって拍手をしているのである。

ざわっ、

と、皆の視線が、その太い男に集まった。

太い男の周囲から、人がひいて、その男の全身が、力王山の前にあらわになった。

「いいねえ」

太い男は、拍手をしながら言った。

「いや、実にいいねえ」

太い男の、太い声が、静まりかえった控室に響いた。

わずかな沈黙があった。

「何がいいんだい？」

力王山が、低い声で訊いた。

「あんたがだよ」

無頓着な顔で、太い男が言った。

「あんた？」

「力王山がだよ」

「おれがどうしたって？」

ワシがおれにもどっていた。

「今言ったのが、そのまんま、このおいらへの答ってわけだ」

「誰だい、あんた」

「松尾象山って者《モン》だよ」

太い男が言った。

その時——

「へえ……」

力王山の細い眼が、さらにすうっと細まった。

「あんたが、あの松尾象山か」

「そうだよ」

「志村戦のあと、おれに挑戦状を出してきたやつだったかな」

「覚えておいてもらえたとは、嬉しいねえ」

太い男――松尾象山は言った。

力王山の言った志村戦というのは、この時より二年前、東京の国技館で行われた、柔道の志村政彦対力王山戦のことである。

相撲からプロレス入りした力王山と、柔道からプロレス入りした志村政彦が、どちらが真の日本一であるかを決めようということで、実現した勝負であった。

これに、力王山がＫＯで勝利したのである。

「あんた、志村の何なんだい？」

「飲みともだちさ」

あっさりと、松尾象山は言った。

「なるほどねえ――」

うんうん、とうなずくように松尾象山は顎をひいた。

「何がなるほどなんだい？」

「いや、おいら、てっきりあんたが怖がって逃げてるもんだとばっかり思ってたんだが、そうじゃないってえことが、やっとここでわかったってえことさ」

「怖がった？」

力王山の眼が、小さく光った。

口にはまだ笑みが浮いている。

「怖い眼だねえ」

松尾象山は、無邪気な声をあげた。

「あんた、並じゃない身体をしてるけど、何をやってるんだい？」

力王山が訊いた。

松尾象山は、ゆっくりと、両手を持ちあげ、天へ向かって差しあげるようにして、掌《てのひら》を上へ向け、指を開いた。

「空手……」

ぼそりと、松尾象山は言った。

太い、ころりとした指であった。

その手が、宙で開かれている。

何も握られてはいない。

文字通りの空手であった。

「ほう」

力王山がうなずく。

何かの勝負が、そこで始まろうとしていた。

きりきりと、部屋の空気が、音をたてて歪みはじめているようであった。

何だ!?

これは何だ!?

巽は、その部屋に充満してゆく異様の気を、敏感に感じとっていた。

すでに、力王山が、何をやっているのかと、松尾象山にさぐりを入れている。

もしも、ここで闘いになった時、相手の手の内を少しでも知っておこうという意味の会話であった。

それを、わかっているのは三人だ、と巽は思った。

力王山と、この松尾象山という男と、そして、自分である。

巽の血がうずいていた。

松尾象山と、力王山との間でかわされているものの負荷を受けて、血が熱を持ちはじめているのである。

巽は、奥歯を噛んでいた。

巽の唇が、浅くめくれあがって、白い歯が見えていた。

おもしろい！

始めるんなら、ここで始めてみるがいい。

松尾象山。

力王山。

松尾象山が、太い腕を、ゆっくりと下ろしてゆく。

「で？」

力王山が、小さな声で言った。

「あんたは、幾ら出す？」

言われた松尾象山は、

「そうさなあ――」

右手の太い人差し指で、頭の後ろをこりこりと掻いた。

11

その部屋にいる全ての人間たちの視線が、この松尾象山という男に集まっていた。

松尾象山は、照れたように微笑して、

「おれの全財産かな」

そう言った。

「幾ら持っている？」

力王山が、ぼそりと訊いた。

「幾らだったっけ――」

松尾象山は、ズボンのポケットに右手を突っ込んで、中から、皺くちゃになったぼろぼろの紙幣とコインを取り出した。

それを、左手の上に乗せて、数える。

「米ドルで、十七ドルと三十五セント……」

松尾象山は言った。

「これが、おれの持っている現金の全てだよ……」

「それで、この力王山とやろうってえのかい――」

「いいや」

松尾象山は、首を左右に振った。

「幾らあるかと訊かれたから言っただけでね。現金の持ち合わせはそこまでだが、全財産ならまだあるよ」

「現金の他に？」

「ああ」

「何だい」

「おれだよ」

松尾象山は言った。

「おれ？」

「ああ」

「あんたのことか」

「おれに勝ったら、あんた、あちこちででかい顔ができるぜ」

「どういうことだい」

「タイのソムチャイ・サックムアングレーン、こいつをぶちのめしたのはおれだよ」

「ソムチャイ？」

「サックムアングレーン――ルンピニーの元王者だよ」

「知らんな」

「オランダのクリストファー・オニール、こいつも一発で伸ばしたよ」

「知らんな」

「ベルギーのカール・フランツ」

「知らんな」

「カナダのジム・ハックマン」

「カルガリーの壊し屋ハックのことか？」

「あいつをぶち壊したのはおれだよ」

「プロレスラーとしちゃあ、まともなガチンコができるやつだ」

「ジョーン・マクダニエル、キング・ジョージ、切り裂きマック……」

「そいつらにみんな勝ったのか」

「ああ」

「そこそこやる奴等ばかりの名前だ」

「さすがに、プロレスラーのことならわかるらしいな」

「しかし、あまり聞かないぜ。松尾象山という名前は？」

「やった試合のうち、半分は、人様の前でやれるような試合じゃねえんだよ」

「ストリート・ファイトってえことかい」

「まあ、そうだが、何もストリートばかりでやったわけじゃねえんだよ」

「たとえば？」

「こういうところでもやったよ」

「へえ、控室でね……」

　力王山の声が、低く、小さくなった。

「そういうおれの財産が、全てあんたのものになるってえわけだよ。勝ったらね」

「別に、あんたの財産なんざ、欲しいと思っちゃあいないね」

「知ってるかい、あんた——」

「何をだい？」

「ストリート・ファイトなら、ファイトマネーも、レフェリーもいらないってことをさ」

　松尾象山は、満面に笑みを浮かべて言った。

「凄いことを言うなあ、あんた」

「へへ……」

　松尾象山は、太い指で後頭部をまた掻いた。

「なあ、あんた。ここで始めちまってもいいかい」

「へえ、おまえさん、今試合を終えたばかりのおれに喧嘩を売って、それで勝って嬉しいってのかい」

「嬉しいねえ」

　迷いのない声で、松尾象山は言った。

「いくら、不死身のこの力王山だって、今のこの状態でさ、おまえさんとはやりたくないね」

「本気かい」

「本気さ。勝てない勝負は、おれはしない主義でね」

　力王山は、頭を掻きながら、ゆっくり立ちあがった。

「おれは、勝てねえ勝負を逃げるのは、恥とは思っちゃいないよ。あんたが今、ここでおれとやりたいって言うんなら、おれは、頭下げたって、逃げるね」

「ふふん」

「ニコルソンにゃ、最初、好き放題やらせてやったんだ。おれだって、身体にガタがきてるんだ。あんたみたいな、怖《こえ》え笑い方をする人間とは、やりたかないね」

「今は、だろう？」

「もちろん、今はだ」

「いずれ、やるってのかい」

「そのうちな」

力王山は、握手を求めるように、右手を差し出した。

「そのうちって？」

松尾象山が答えた。

松尾象山の視線が、力王山の差し出した右手にちらりと動いた。

その瞬間——

「今だよ」

いきなり、力王山が、左の拳で松尾象山に殴りかかっていた。

力王山の拳が、松尾象山の右頬を叩いていた。

拳が、肉を打つ時の鈍い音が響いた。

ほとんど同時に、もうひとつ、分厚い肉を打つ重い音が響いていた。

松尾象山の、左足が、力王山の腹を、正面から蹴っていたのである。

前蹴り——

松尾象山の太い左足が、深ぶかと力王山の腹に吸い込まれていた。

「くうっ」

「むうっ」

ほとんど同時にふたりの攻撃が相手に入っていた。

そのため、互いの攻撃のパワーが相殺《そうさい》されて、致命傷を相手に与えそこなっていた。

　現場にいた、若手のレスラーたちが、飛びつくように、ふたりの間に割って入っていた。

「先生!?」

「何をするか!?」

　先生、というのは、若手が力王山を呼ぶ時の言葉だ。

　割って入った若手のひとりは、松尾象山に殴りかかっていた。

　松尾象山は、自分に向かって飛んでくる若手の拳に向かって、それを迎え撃つように、ひょいと額を前に出して見せた。

　松尾象山は、若手の拳を、その額で受けていたのである。しかも、カウンターで、額をその拳にぶつけていった。

　いやな音が響いた。

　肉と、骨がひしゃげる音だ。

「えぐっ!?」

　若手は、喉の奥を潰されたような声をあげた。

「ぐむむむ……」

　若手が、松尾象山を殴りに行った右拳を、左手で押さえて呻いている。

　若手の右拳の骨が折れ、手の甲の肉を突き破って、折れた骨が外へ飛び出していた。

　控室が騒然となった時――

　からからという笑い声が、控室に響いた。

「いいねえ、いいねえ、あんた……」

　力王山が、破顔していた。

　声をあげて、楽しそうに笑っていた。

「あんたこそ、おもしろいねえ」

　松尾象山もまた、その唇に、楽しくてたまらないといった、太い笑みを浮かべていた。

「松尾さん、今日のところは、そのくらいにしときな」

力王山は言った。

「これ以上やったら、ここから無事に帰れなくなるぜ」

「だろうな」

「おいらを襲うんなら、独りの時か、もっと人数の少ない時にするんだな」

「そうしよう」

言ってから、

「金を用意すりゃあ、おれとやると言ったな——」

「言ったよ」

「本気かい」

「まあね」

うなずいてから、

「金はあるのかい」

力王山が訊いた。

「ない」

「なら、あきらめな」

「金のかわりに、土産を用意するよ」

「土産？」

「さっきの、ほら、何と言ったかな——」

「さっきの？」

「あんたに挑戦した男がいたじゃないか。ガスタオン……」

「ガスタオン・ガルシーアだろ？」

「そう」

「それがどうかしたかい」

「そのガスタオンの首を土産に持ってゆくよ……」

「楽しみにしてるよ」

そう言って、その男は、控室から出て行ったのだった。

台風のような男だった。

出てゆく時に、巽の肩を、分厚い太い手で、ぽん、と叩いていった。

12

強烈な体臭を持つ、男たちであった。

力王山。

松尾象山。

このふたりを、同時に観たのだ。

巽は、震えていた。

異様なものの塊り――その異様なものが、精神であるのか、肉体であるのか、その両方であるのか、巽にはわからない。

何かひどく人間離れをした、異質の存在形式によってこの世にある者たち――異形のもの。

その、強いふたりの磁場にさらされて、巽の精神と肉体が、激しく感応したのである。

「おい……」

震える声で、巽は言った。

力王山が、じろりと巽に眼を向けた。

「あんたのところへ行けば……」

巽は、そこまで言って、唾を飲み込もうとした。

喉が、からからに乾いていた。

唾は一滴も出てこなかった。

「口のきき方に気をつけろ」

「先生に向かって、あんたとは何だ」

若手が、巽に牙をむいてきた。

どうってことはない、ただの犬っころだ。

巽は、ふたりを無視して言った。

「あんたのところへ行けば、今のような奴と、やらせてもらえるのかい」

まだ、身体の震えが止まらない。

今のような奴とやる――あの松尾象山とやる、それを口にした途端に、さらに激しく身体が震えた。

「おまえさん次第だよ」

力王山は言った。

「おめえが、おれや、あの男のいる場所まで登れば、自然にやることになるよ」

「登れば？」

「この場所まで来ることができればな」

行く——

巽はそう思った。

この男たちのいる場所まで、自分はゆく。

必ず。

「行くよ」

巽はそう言った。

13

巽が、日本の土を踏んだのは、力王山がブラジルを出てから、十日後であった。

出る直前に、ひとつの噂を耳にした。

リオのガスタオン・ガルシーアの道場に、妙な日本人がやってきて、ガスタオンとバーリ・トゥードをやったというのである。

その日本人は、ただの拳一発でガスタオンの鎖骨を折ってのけ、ぶちのめし、四階の窓から飛び降りて逃げ出していったという。

あの男がやったのだ——

巽の脳裏には、あの松尾象山の顔が浮かんでいた。

14

次に、巽が松尾象山を見たのは、日本でのことであった。

力王山中央プロレスに入門して、二年も経ったかどうかという頃だ。

道場で練習をしているところへ、いきなり、あの松尾象山の、見覚えある太い肉体が入ってきたのである。

「ここの、一番強い人とケンカをやらせてもらいたいんだけどね」

松尾象山は、まるで、遊びにでもきたような口調でそう言った。

あの男だ——

巽には、すぐに、それが誰であるかわかった。

二年前、ブラジルで会った男だ。

松尾象山は、笑顔で道場生たちを見やった。

その時コーチとして道場にいたのは、当時、四十三歳の石川という男だった。

中堅レスラー。

自分は、二十歳だったはずだ。

他には、伊達《だて》潮男《うしお》——斑牛《まだらうし》の伊達がいたのではなかったか。

伊達は、二十五歳。

巽より歳上だが、プロレス入門は同じ時期だ。相撲をやっていたのを、力王山にスカウトされて、この世界に入ってきた男だ。

川辺は、地方巡業に出ていて、いなかったはずだ。

そして、自分や伊達と同じ時期に入門した、カイザー武藤もまた、自分より先にデビューをして、地方をまわっていたはずであった。

松尾象山は、巽を覚えていたのか、いなかったのか。

覚えていたのなら、無視をしたのだろう。

どういう特別な視線も、自分には送ってよこさなかった。

もちろん、力王山が道場にいるはずもない。

なんと、松尾象山は、その時、一枚の書状を用意してきていた。

ここの勝負で、怪我をしても文句は言いませんと書かれた紙に、サインをし、捺印が押してあった。

　巽は、興奮した。

　こんなに早く、この男と勝負できる日が巡ってこようとは思ってもいなかった。

　ぜひとも、この男とやってみたかった。

　若い道場生たちの間で、巽より強い者はいなかった。

　すでに、実力では川辺をしのいでいた。

　カイザー武藤とスパーリングをやって、極めることはあっても極められたことはなかった。

　伊達潮男――この男にだけは、素直に勝たせてもらえなかった。

　もともと、相撲で鍛えた地力に加え、関節技がうまかった。

　道場内のスパーリングでは、やや、伊達に分があったかもしれないが、しかし、それは、打撃のないプロレス的ルール内での話であった。

　殴ってもいい、蹴ってもいいという方式の試合であったら、伊達よりも自分は上であると巽は思っていた。

　伊達は伊達で、あの頃、道場で一番強いのは、自分であろうと考えていたに違いない。

　松尾象山の相手をすることになったのは、結局、伊達ということになった。

「おれがやるよ」

　ぼそりと、硬い声でそう言って、伊達が前に出たのである。

　もしも、伊達が言い出さなければ、この自分が名乗りをあげていたところだ。

　あの男と、やれる機会があるのに、逃がす手はない。

　そう思っていたのだ。

　伊達に先を越された。

　しかし、伊達と松尾象山が闘うのを見て、巽は戦慄していた。

まるで、大人と子供であった。

メガトン級の爆弾と、子供が遊びに使うかんしゃく玉——それくらいの差があった。

暴風雨に巻き込まれた木の葉のように、伊達は、松尾象山に翻弄された。

考えてみれば、巽は、その時初めて、松尾象山が闘うのを見たことになる。

巽は、自分たちは、エリートの集団であると考えていた。

特別な肉体的素質を持った人間たちが、特別な練習をして、生き残ったのである。

三日、いや、練習がきつくて、一晩で逃げてゆく道場生が何人もいるのである。

しかし、自分は、生き残ったのだ。

それも、二年で、相撲の経験のある伊達と、対等以上にやり合えるようになったのだ。

自分たちは、特殊な人間たちである——そう信じていた。

この世界で、登りつめる。

いずれ、力王山が現役のうちに、ガチンコで勝負をするつもりでいた。

ところが——

あっさりと、伊達が松尾象山にやられてしまったのである。

松尾象山は、気持いいほど手を抜かなかった。

松尾象山の蹴り一発で、松尾象山より重いはずの伊達が、後方にふっ飛んでいた。

膝で、鼻を潰された。

そして、最後には、なんということか、空手家の松尾象山に、伊達は、関節技で敗れていたのである。

勝った松尾象山は、窓から素足で逃げ出した。

何という逃げっぷりのよさ。

あの試合を見て、巽は興奮した。

こういう闘い方があるのか。

こういうやり方ができるのか。

股間のものが、熱く、堅くなった。

巽は、松尾象山と伊達の闘いを見て、激しく勃起させていたのである。

そして、あの事件があったのであった。

15

帰ってきた力王山は、事情を聞かされ、激怒した。

「馬鹿野郎！」

伊達をぶん殴った。

「何故、その男を生かして帰しやがったんだ！」

石川も殴られた。

殴られ、蹴られた。

「まさか、一対一で、尋常の勝負をしようだのと、中学生の飯事《ままごと》のようなことを考えていたんじゃねえだろうな」

伊達の、治りかけていた鼻が、またひしゃげ、石川の口から、欠けた歯がこぼれ落ちた。

「負けたら、何故、全員でその男をぶちのめしてしまわなかったんだ。バットでも何でもいい。伊達とやっている最中に、それで、その男の頭をかち割ってやりゃあよかったんだ」

力王山は、伊達の顔に、唾を吐き捨てた。

伊達も、石川も、抵抗はしない。

力王山の言う通りであったからだ。

全員で、あの男をぶちのめす機会は、あったとも言えるし、なかったともいえる。

もしも、もっと長くあの場にあの男がいたら、そういうことになっていたかもしれない。

しかし、あの男は逃げ出した。

あの男が持つ、天性の明るさのようなものが、妙に、皆のその間合をはずしたのだ。

　間合をはずしておいて、窓からひょいと飛び出して、逃げた。

　その時、現場にいた全員が、力王山に殴られた。

　巽も、鼻頭を殴られた。

「空手をやる奴だってえ？」

　力王山は言った。

「何て奴だ」

「松尾象山です」

　答えたのは、鼻血を流している巽であった。

「何⁉」

「松尾象山です」

　巽は、もう一度言った。

「松尾……」

「ブラジルで会った、あの時の男です」

　巽は、そう言った。

　激高していた力王山が、ふいに、静かになった。

　唇を閉じ、鼻で息を吸い込んでから、

「あの男か」

　静かにそう言った。

「はい」

「そうか」

　力王山は、顔を血みどろにして立っている伊達に向きなおった。

「あの男なら、おめえが負けるのは無理ねえだろうよ」

「――――」

「あの男は、特別だ」

　力王山は、軽く、伊達の頬を叩いた。

「あの男には、うちで、勝てるやつはいねえよ。このおれをのぞいてはな……」

「先生――」

　巽は、力王山に言った。

「何だ」

「力王山先生は、松尾象山とやらないのですか」

巽は訊いた。

「やらんね」

「何故ですか」

訊いたその口を、巽は拳で殴られた。

「言う必要はない」

「教えて下さい。何故やらないんですか」

また殴られた。

巽の唇から、血が流れ落ちていた。

それを、すでにデビューをはたしたカイザー武藤が冷ややかな眼で眺めている。

「二年前、ブラジルで言った通りだよ。奴が、プロレスをやろうっていうんなら、やってやるさ。プロレスをな——」

「——」

「おれはな、おれひとりの身体じゃあねえんだよ」

「——」

「いいか。もしも、ガチンコでおれが負けてみろ。明日から喰うのに困るのは、てめえたちなんだ。テレビの視聴率だって下がる。テレビ局や、うちの社員の給料はどうなる。客が来なくなったら、その社員の家族の面倒は誰がみてくれるんだ」

「——」

「おれが負けたら、そうなる」

「負けますか？」

「馬鹿野郎、負けたらと言ってるだろうが」

「——」

「あのガキ、志村とはタマが違うよ。志村は、強《つぇ》えことは、おそろしく強かった。ルールのあることをやってたら、おれより強かったかもしれねえ。しかし、やつは、真面目すぎたんだよ。甘かった。しかし、松尾象山は、志村とはタマが違うよ。奴は騙せねえよ。おれが、最初から目ん玉に指突っ込むつもりなら、やつだってそういうつもりだろうさ」

「――――」

「いいか、てめえら。誰かと、女の股倉じゃあねえ、目ん玉に指の突っ込み合いをしたことがあるかい。そういうことをやったこともねえような人間が、勝手にガチンコだのセメントだのと、聞いた風なことを口にするんじゃねえぜ」

　言い終えて、力王山は、巽を見やった。

「おめえはどうなんだ」

「――――」

「おめえは、目ん玉に、指い突っ込むような、そういうのをやりたいってえのかい」

「はい」

　巽がうなずいたその瞬間――

「しゃっ」

　力王山が、いきなり、右手を巽の顔面に向かって突き出してきた。

　指が、一本立っている。

　その指で、巽の左眼を突いてきた。

　巽は、後方に頭部をのけぞらせ、右に身体と首を振って、それを避けようとした。

　しかし、避けきれなかった。

　眼を、抉《えぐ》られていた。

「ぐむうっ！」

　呻いた。

　呻いたが、しかし、巽は、眼を閉じなかった。

　抉られた左眼も、右眼も見開いたまま、そこでファイティング・ポーズをとっていた。

　見開いた、左の眼球の表面が、ほじられてささくれ、血が流れ出ていた。

　それでも、巽はファイティング・ポーズをとっていたのである。

　両拳を上にあげ、力王山を睨み、歯を噛んでいた。

　ゆっくりと、力王山が、巽に近づいた。

ぴくり、
と、巽の身体が反応しかけた。
しかし、巽は動かなかった。
力王山は、笑いながら巽の肩に掌をのせた。
「巽、おめえ、明日からおれの付き人をやるんだぜ」
からからと力王山は笑って、巽の肩をぽんぽんと叩いた。
巽が左眼を押さえて、ロープに背をあずけたのは、力王山が姿を消してからであった。

五章　獅子の掟

1

巽は、力王山から、徹底的に仕込まれた。

道場的には、鍛えられた——そうも言うことができる。

しかし、世間的には、虐《いじ》めとも言える。

力王山にリングシューズを履《は》かせ、ガウンを着せ、タオルを用意する。

料亭に食事にゆく時も一緒に連れてゆかれた。

しかし、同席するわけではない。

廊下で、待たされた。

力王山が、食事を済ませるのを、廊下で待つ。

正座で待たなければならない。

料亭の外で待たされることもあった。

出る時には、靴をそろえておく。

一時も、気が休まらない。

少しでも、力王山の気に入らないことがあれば、殴られた。

そこに、人がいようがいまいが、力王山は頓着しなかった。

まるで、人前で巽を殴ることが、プロレスラーの凄さを世間にアピールすることになるとでも思い込んでいるようであった。

それも、かなりの力を込める。

普通の人間ならば、気絶をするか、大怪我をするほどの力だ。他人が見ている時ほど、力を込める。

巽が、いやがったり、痛い顔を少しでも見せると、さらに力を込めて殴る。

手で殴らずに、もので殴ることもあった。

マスコミの人間たちがいる前で、靴ベラで頰を張られたこともあった。

薪《まき》や下駄で頭を殴られることもあった。

どこかのクラブやバーで飲む時は、たまに、店の中で同席させられることもある。

そういう時には、ウィスキーのボトル一本をひと息に飲まされる。

氷の入ったバケツに、ウィスキーのボトルをまるまる一本あけて入れ、

「飲め」

そう言われる。

それを、ひと息に飲む。

途中で、吐いたりもどしたりしたら、その場で殴られる。

女優やタレントが一緒の時もあれば、その筋の人間が一緒の時もあった。

「素人さんの一発や二発は、わしらにはどうってことはないんですよ」

そう言って、その筋の人間についてきている若い者に、巽を殴らせたりもした。

左眼は、すでに治っていた。

視力が、半分になったが、見える。

その眼で、自分の顔に飛んでくる拳を睨む。

よけてはいけない、そう言われている。

拳が、顔に当る。

腹を蹴られることもある。

外で、そういう若い者相手に、一対三で喧嘩をやらされたこともあった。

そういう時は、できるだけ短い時間で勝たないと、力王山から殴られた。

「声をあげるなよ」

そう言われて、アイスピックで、身体中を刺されたこともあった。

そういう日々に、あの男が、また姿を現わしたのである。

あの男――

松尾象山であった。

2

電話があった。

道場で、練習をしている時だ。

道場内にある電話が鳴ったのである。

最初にその電話に出たのは、カイザー武藤であった。

身長、二メートル九センチ。

体重、一三五キロ。

この男が、たまたま電話の近くにいたのである。

「おい、巽」

武藤が声をかけてきた。

「尾崎という男からだ」

受話器を差し出してきた。

巽は、スクワットをやめて、武藤のいる壁際まで歩いて行った。


普通は、外から道場へは直接電話はかかってこない。

いったん、上の事務所にかかる。

たとえ、道場生への電話がかかってきても、それが新人である場合、取りつがれることはない。用件を聞いて、取りつぐ必要があると判断されれば、取りつがれることになる。

新人レスラーが共同生活をしている寮に、一台電話があり、新人たちが使用するのはその電話だけである。

通話料は、自分持ちだ。

今ほど電話が普及してない時代である。

その日は、休日であった。

背広組は、出社しておらずレスラーも、中堅以上は道場に顔を出していない。

その日、道場で練習をしていたのは、若手が数人であった。

上の事務所には誰もいない。

それで、上の事務所にかかってきた電話が、下の道場でも受けることができるようになっているのである。

巽が、受話器を取り、自分の名前を告げると、

「おれだよ」

受話器から、聴き覚えのある声が響いてきた。

太い声であった。

「あんた……」

「覚えてたみたいだな」

太い声が言った。

もちろん、忘れようがない。

これまでに、二度会った。

ブラジルで一度。

日本――しかも、今自分がいるこの道場で一度。

それは、まだ半年ほどしか経っていない。

松尾象山。

この男を忘れないために、二度会う必要はない。

ただ一度で充分であった。

しかし、何のために、この男が、今、自分に電話をかけてきたのか。

そのために、わざわざ尾崎という偽名を使った。

「覚えてるよ」

巽は言った。

「そいつはよかった」

「つい、しばらく前にも会った」

「半年前だな」

「おれを覚えてたのか」

「覚えてるさ。ブラジルでも会ってる――」

ブラジルでのことも覚えていたのか、この男――

巽の胸が、ふいにときめいた。

「話がある」

松尾象山が言った。

「なんだ」

巽は言った。

「今、上の連中はいないんだろう?」

知っているのか、そのことを。

「ああ」

巽が答える。

「出てこられるかい」

「――」

「大丈夫なんだろう」

出てゆくのは、大丈夫だ。

練習をやめ、シャワーを浴びて、勝手に出てゆくだけのことだ。

自主トレーニングである。

しかし――

「あんたは、うちで問題を起こしているからな」

「勝手におれと会ったのがばれたら、上の連中に何されるかわからないか――」

「――」

「堅いことを言わずにどうだ」

人なつこい声であった。

「話は?」

「まあ、会ってから言うよ」

「――」

巽が無言でいると、

「おい」

人なつこい声が言った。

「この松尾象山に会えるんだぜえ。話が何だろうと、それで充分だろうが」

そう言われて決心がついた。

あの松尾象山に、今度は、ただふたりきりで会えるのだ。

「わかった」

「誰に会うか、他の連中には、わからんようにしといてくれ」

「わかってる」

「もっとも、おれの首をとるつもりなら、いきなり全員引きつれてやってきてもいいんだぜ」

「独りで行く」

「決まりだ」

　松尾象山がうなずいた。

3

「用事ができた」

　巽は、そう言って道場を出た。

　風呂には入らなかった。

　濡らしたタオルで全身の汗をぬぐっただけだ。

　シャツに、ズボン。

　場所は、上野。

　不忍池《しのばずのいけ》。

　一本の柳の樹の下にあるベンチに、その太い男は腰を下ろしていた。

　背もたれから背を浮かせ、太い男は太い視線で、池の面を眺めていた。

　池を右手に見ながら、巽は岸に沿って近づいていった。

　巽が近くまでゆくと、

「よう」

　太い男が、振り向いて太い笑みを向けた。

　巽が近くに寄る前に、太い男——松尾象山は立ちあがっていた。

「来たな」

　向きあった。

　巽の方が、身長がある。

　ブラジルの頃よりも、筋肉の量が増えた。

　自分の肉体には自信がある。

　しかし、向き合ったこの、自分よりも背の低い男の肉体に圧倒されそうになる。

　ぱんぱんに、エネルギーで膨れあがっているような肉体であった。周囲の空間に、その過剰な肉体のエネルギーが溢れ出しているように見える。

握手はしない。

「覚えちゃいないのかと思ってたよ」

巽は言った。

「何故だ」

「半年前、うちの道場に来た時、おれに気づかなかった」

「ばか。もしも、おれがあそこで声をかけてみろ、おれが逃げた後で、おめえ、ひでえ目にあわされていたかもしれねえんだぜえ」

「気を遣ってくれたってわけだ」

「まあな」

「もしも、伊達がやらなかったら、おれがやってたはずだった……」

「よかったな、やらなくて」

松尾象山は言った。

巽と松尾象山は、しばらく互いの顔を見つめ合った。

「ああ」

巽がうなずいた。

まだ、ふたりは互いの顔を見つめあっている。

やがて――

「いつ入門したんだ」

松尾象山が訊いた。

「あの後、すぐだ」

「二年前だな」

「ブラジルを出る前に、おもしろい噂を耳にしたよ」

「どんな？」

「あのガスタオン・ガルシーアの道場に、日本人の空手家が乗り込んで、ぶちのめしたって話だ」

「おれがやったんだよ」

「だと思った」

巽は言った。

　そこで、沈黙が訪れた。

　池の面を、風が撫でてゆく度に、そこにさざ波が立つ。

「うちの社長には、言ったのかい」

　巽が訊いた。

「社長？」

「力王山さ」

「何をだい？」

「ガスタオン・ガルシーアの首を土産にすると言ってたはずだ」

「言ったよ。試合をやろうじゃねえかとね」

「直接？」

「いいや。電話でね」

「で？」

「話にならんね」

「やると言わなかったのか？」

「ああ、言わん」

「だろうな」

　巽はうなずいた。

「多少は、いきさつを耳にはしてるんだろう？」

　松尾象山は訊いた。

「多少ならね」

　巽は言った。

　確かに、多少であれば、松尾象山と力王山のことは、あの後耳にしていた。

　あの後——というのは、半年前、松尾象山が伊達をぶちのめしてのけた後ということである。

　そもそも、力王山と柔道の志村政彦との試合がきっかけであったという。

　その試合ならば、巽もテレビで見た。

　戦後、日本の柔道界が生んだ逸材——それが志村政彦であった。

　全日本選手権で、十年連続して優勝をした。

オリンピックにも出場して、二度、優勝。

いずれも無差別級でのことである。

その志村が、プロレスに転向した。

どこかの団体に所属したのではない。

自分で、プロレス団体をおこしたのである。

柔道界の猛者《もさ》たちを集めて、旗上げをした。

空手界からも、何人かその団体に参加をした。

帝国プロレス――それが、そのプロレス団体の名前であった。

そこでやられていたプロレスというのが、奇妙なものであったという。

名付けて――

「道衣《ジャケット》レスリング」

柔道の道衣を身につけて闘うプロレスである。

柔道と違う点は、まず、その試合が、畳の上ではなくロープに囲まれたリングの上で行われるというところにある。

さらに、柔道では、投げたら一本勝ちとなるが、この道衣《ジャケット》レスリングでは、それでは勝ちにならない。

投げた、投げられたというのは、闘いの流れの中でのひとつの局面にすぎないという考え方が、その背景にあったのである。

投げられたダメージで立てなくなる、十秒以上起きあがれない――そういう状況になった時に、一本負けとなる。

倒してから、あるいは立ったまま、関節を極めたり締めたりする技の使用も認められていた。それで、相手がギブ・アップをすれば一本勝ちとなる。

さらに、頭部と股間の急所以外の場所であれば、突きや蹴りを入れてもいいというルールであった。

しかし、それは表向きのルールである。

試合は、あらかじめ、どちらが勝ってどちらが負けるかが決まっている。

その意味では、まさしくプロレスであるといっていいのだが、この帝国プロレスには、他にない大きな特徴があった。

それが〝格決め試合〟である。

半年に一度、この〝格決め試合〟が行われるのである。

一切のマスコミはシャットアウト。

関係者以外は道場に入れずに、仲間うちだけが集まって、試合と同じルールで真剣勝負《ガチンコ》をやる。

試合は、格の下の者から順に闘って、上へと勝ちあがってゆく方式によって行われる。

仮に、選手が一〇人いるとすれば、格の順位が一〇位の者が、九位の者に挑戦することができるのである。

一〇位の者が九位の者に勝てば、一〇位の者は次に八位の者と闘うことができるのである。それに勝てば、さらに七位の者と次に闘うことができる。

九位の者が、一〇位の者の挑戦を退けることができれば、九位の者は八位の者に挑戦できるのである。

これを、順位を下から上にあげながら、一日でやる。

一〇位の者から一位の者までが、一日で闘うことになる。

客に見せる試合は、格にもとづいたプロレスの試合をやるのだが、その格を決めるのは選手の実力ということになる。

どれほど人気があろうと、実力のない者の格があがることはないのである。

二年で客がひいた。

旗上げ当初は、珍らしさと志村のネームバリューから客が集まったが、半年ごとに多少は格の順位が変わるにしても、試合におもしろさが欠けたのである。

外人レスラーを呼んで、道衣《ジャケット》レスリングをやらせても、彼らの多くは道衣を使いこなせない。

客が来なくなってから、ノンジャケット・マッチをやるようにもしたのだが、一度引いた客は、もどってはこなかった。

ここで、ずっと格のトップにいた志村が、力王山に挑戦を表明したのである。

力王山が、これを受けた。

そうして、世紀の一戦が実現したのであった。

この試合は、力王山が、志村政彦を、リング上でぶちのめして勝った。

力王山の言い方をそのまま当時のスポーツ紙から引用すると――

〝志村の奴が、いきなりおれの急所を蹴ってきやがったのさ〟

ということになる。

試合開始一〇分、志村が力王山の股間を蹴りにいったというのである。

巽も、そのシーンはテレビで観ている。

しかし、巽には、志村が本気で出した蹴りのようには見えなかった。

たまたま、試合の流れの中で、志村が足を持ちあげただけのように見える。

しかし、これに力王山が逆上して、掌底《しょうてい》で、志村の頭部をおもいきり叩きにいったのである。

最初の一発で、志村の動きが止まり、そこへたて続けに力王山の打撃が打ち込まれた。志村の頭部を、連続して力王山の掌底が襲ったのだ。

これで、志村はマットに仰向けに倒れた。

その顔面に、さらに力王山は膝を落とした。

力王山のＫＯ勝ち――

しかし、これには裏があった。

それを、巽に教えてくれたのは、伊達であった。

「あれは、もともとは、三回やる予定だった試合だよ」

一回目は、力王山の勝ち。

二回目は、志村の勝ち。

三回目は、引き分け。

それで、三回興行を打って、客を呼ぶ。

互いに、バックにはそれなりの筋の人間がいる。

そういう人間たちが、間に入って話をまとめたのである。

「その約束を、力王山がやぶったのさ。いや、力王山は、初めから約束をやぶるつもりだったんだよ」

プロレスをやるふりをして、試合中にいきなり真剣勝負を仕掛け、志村を叩き潰す——そういう覚悟を、力王山はしていたのだという。

力王山が、リング上で待っていたのは、きっかけであった。

自分が、いきなり本気になっても周囲が納得するだけの理由となるきっかけ。志村が、たまたま足をあげて蹴りに来た——それを力王山はきっかけにしたのである。

相手が、本気でくるのがわかっていれば、たとえ掌底で顔面を殴られても、耐えることはできる。しかし、そういう心の準備も肉体の準備もできていない時に攻撃を受ければ、人は、いくら鍛えた人間であってもダメージを受ける。

殴ってきた相手は、素人ではない。

闘いのプロである。

志村は、あっさりとマットに沈んだ。

つまり、あらかじめあった申し合わせを破って、力王山が志村を葬ってしまったことになる。

当然ながら、予定されていた、二回目、三回目の興行も中止になった。

これに怒ったのが、志村とそのバックにいる暴力団であった。

結局、力王山側にいる暴力団も交えての話し合いとなり、当時の金で二〇〇〇万円の和解金を力王山が志村に払ってようやく、表面上、この件は収まりをみたのである。

　帝国プロレスは、志村が力王山に負けた後、二度ほど興行を行ったが、客が入らず、結局消滅した。

　しかし、ここに、妙な男が関わってきた。

　独りの空手家である。

　志村のセコンドにこそつかなかったものの、この空手家が、志村に空手の手ほどきなどをしていたらしいのである。

　この空手家が、力王山に、

「このおれと闘え」

　そのように申し入れてきたのである。

　しかし、力王山はそれを無視した。

　そして、件《くだん》の空手家は、ブラジルに遠征中の力王山の控室まで姿を現わしたのである。

　それが、松尾象山であった。

4

「それで、話というのは？」

　巽は訊いた。

「そうさなあ」

　そう言って、松尾象山は、身体ごと池の方を向いた。

　顔も、視線も、池を向いている。

　まったく無防備な、自分の身体の右側面を巽に向けている。

　すでに、巽は間合の中にいる。

　その気になれば、拍子ひとつで、この太い男に攻撃を加えることができる距離であった。

　もしも自分が、自分が所属する企業——プロレス団体にとって目障りな男を、ここで潰しておこうと決心したらどうなるかを、松尾象山という男は考えないのだろうかと、巽は思った。

「どうだい、巽……」

松尾象山が、巽に向きなおった。

「何がだ」

「おめえ、おれと力王山がやるのを見たくはねえかい」

そう訊いてきた。

「どういう意味だ」

「言った通りさ。おれと力王山が闘う。それを見物したいだろうって言ってるのさ」

「ああ、見たいね」

正直に巽は答えた。

見たい。

あの力王山と、この松尾象山が闘ったら、いったいどのような闘いになるのか。どちらが勝つのか。

それを見てみたい。

松尾象山が、まるで、巽の心の裡を覗き込もうとするかのように、巽を見ながら、その太い唇に笑みを浮かべていた。

その時——

巽はふいに気づいた。

「あんた、おれを試したな」

巽は言った。

試された——松尾象山に、である。

松尾象山が、横を向いて、自分の無防備な側面を見せたのは、あれはわざとやったのだ。

自分が、攻撃を仕掛けるか仕掛けないか。

仕掛けてこないのなら、利用できる——腹の中で考えていることを告げることができると考えたのだろう。

そのはずだ。

「わかったかい」

松尾象山は、太い左手の指で、こりこりと頭を掻いた。

人を喰ったような――しかし、魅力的な笑みをその太い唇に浮かべて。

「しかし、騙したんじゃないぜ」

松尾象山は言った。

「用件を言え」

「もう言ったよ」

「――」

「おれと、力王山がやり合うのを見たいだろうってね」

「あんた、まさか――」

巽は、そこで、ようやく松尾象山が何を言っているのかを理解した。

この男は、自分を利用しようとしているのだ。

力王山と闘うために。

「そのまさかだよ」

なんという、とてつもないことを考えるのか、この男。

「おまえさんに、協力してもらおうと思ってさ」

「――」

「簡単なことだ。おまえさんが、おれに、力王山のスケジュールを教えてくれりゃあいいんだよ。それを教えてくれたら、後はおれが勝手にやる」

「――」

「どこでひとりになるか。どこで飯を喰うのか――」

「――」

「あんたが、人気のないところへ、やつを呼び出してくれたっていいんだ。そこで、おれが待っているってえのはどうだい」

「――」

「見物人は、巽、おまえさんひとりだよ。一番いい席で、おれと力王山の試合を見物できるんだ。悪い話じゃねえだろう」

その通りだった。

悪い話じゃない。

松尾象山と力王山がやる——それを、ただひとり、見ることができるのである。

「力王山の付き人をやってるんだろう？」

もう一度、問われた。

この男は、この自分に裏切り者になれと言っているのである。

「裏切り者になれと？」

「自分に正直に生きろと、言ってるだけさ」

松尾象山は、また、太い笑みをその太い唇の端に点した。

「いいぜ」

巽は言った。

「あんたの望み通りにしてやろうじゃないか——」

巽の唇に、刃物のような笑みが浮かんでいた。

転章

巽は、キャデラックのハンドルを握っていた。

夜道を、ヘッドライトの灯りが照らしている。

深夜に近い時間だ。

後部座席には、力王山が腕を組んで座っている。

世田谷——

都内に何人かいる愛人の家まで、力王山を運んでいるところである。

世田谷の女。

　この女のところへ行く時は、いつも力王山は飲まない。他の女のところへ行く時は、銀座か赤坂で飲んでからだが、この女のところへゆく時は、素面《しらふ》でゆき、女の部屋で飲む。

　そういう細かなところまで、すでに巽はわかっていた。

　巽は、ブレーキを踏んで、車を停めた。

「どうした？」

　後方から、力王山が訊いてきた。

　女の家ではない。

　いつもと違う場所に車が停まったことに気づいたのだろう。

　鳥居の前であった。

　すぐそこに、神社がある。

「力王山先生……」

　ハンドルを握ったまま、巽は言った。

　声が硬い。

「何だ」

「ひとつ、おうかがいしていいでしょうか」

「おうかがい？」

「何故、あいつとやらないのですか」

「あいつ？」

「松尾象山——」

　巽は言った。

「あの男か」

「ガスタオン・ガルシーアを、倒したそうですね」

「らしいな」

「松尾象山は、あれから何度も挑戦してきているんでしょう」

「巽」

力王山の声が尖った。

後方から、巽の襟をつかんだ。

「急に、何を言い出しやがる」

しかし、巽は答えない。小さく笑みを浮かべただけだ。

「グッド・ラック……」

巽は、つぶやいた。

車のエンジンを止め、鍵を抜いて、運転席のドアを開いた。

「巽!?」

力王山の声が、背に届いてくる。

巽は、外へ出、

「見物させてもらいますよ」

そう言って、ドアを閉めた。

「巽!!」

鋭い声で巽の名を呼び、力王山はドアを開いた。

力王山は車を降りて、外へ出た。

どこにも、巽の姿はない。

鳥居の向こう、境内《けいだい》へゆく道の途中に、ぽつんと裸電球がひとつ、点っていた。

「どこだ……」

力王山は、その灯りの方へ歩いてゆく。

と——

近くの暗がりから、その灯りの中へ、ゆらりとひとりの男が姿を現わした。

ずんぐりとした、太い肉体が、灯りの中に立った。

「よう」

その太い肉を持った男が、声をかけてきた。

松尾象山であった。


（餓狼伝XII　了）

あとがき

いや、『餓狼伝』、まさに混沌の極み。

多くの人間がもつれあいながら、〝秘伝〟の争奪戦になだれ込もうとしている。

ますますおもしろくなってきているのである。

姫川勉は、これから重要な役をやることになってゆく予定である。

コンデ・コマ——前田光世を倒した秘術は存在するのか。

あらたにルタ・リブレまで加わっての展開になってきたのである。

さて、今回は、少し、過去の話を書くことになってしまった。

前々から書きたかった、ブラジル時代の巽と、力王山のことをいよいよやる決心がついたからである。

これについては、講談社の漫画版『餓狼伝』の、板垣さんの影響が大きい。

漫画の方では、巽と力王山が、なんとあっと驚くようなことをやってしまっているのである。

なるほど、こういうやり方があったか。

ネタばらしになるので、その展開についてはここでは書かないが、このやり方を小説の方でもやってやろうと決心をし、さっそく板垣さんに電話をした。

「あれ、小説の方でもやらせてもらえませんか」

原作をやっている小説の作者が、逆に漫画のネタを使用するという、前代未聞の流れがここに生まれてしまったのである。

ところが、書いているうちに、またもやここに松尾象山という男がでしゃばってきて、さらにまた、漫画とは違うシーンへと物語はむかいはじめているのである。

まったくなんということであろうか。

もう、覚悟を決めて、果てしなくこの物語を書き続けてゆく覚悟をするしかない。

ところで、ひとつ、他社の話題で恐縮なのだが、『餓狼伝』と同様に、20年近くも書き続けて、まだ終っていない物語に、アサヒソノラマでやっている〝キマイラシリーズ〟がある。

これは、これまで、ずっと文庫で出してきたのだが、このたび、一巻から、ハードカバー版で出しなおしているところである。

文庫の二冊分を一巻にまとめ、とりあえず、一カ月おきに八巻まで出してゆく予定である。これも、『餓狼伝』の読者なら、ひたすらおもしろく読めるはずである。

『餓狼伝』の続刊を待てなくなった方は、ぜひ、そちらを読んで、間をつなげていただきたい。

タイトルは『キマイラ』である。

では、ますますテンションをあげて、『餓狼伝』次巻にとりかかりたい。

二〇〇一年一月二十五日　新宿にて

夢枕　獏

※ところでぼくのホームページ「蓬莱宮」を開設した。興味のある方は見ていただきたい。

夢枕獏の公式ホームページ「蓬莱宮《ほうらいきゅう》」で、『餓狼伝』関連の最新情報がご覧になれます。

「蓬莱宮」は、この他にも夢枕の日記、読者からの投稿、デジタル博物館、新刊情報など、様々な企画が満載のホームページです。

夢枕獏公式ＨＰ「蓬莱宮」のＵＲＬ　http://www.digiadv.co.jp/baku/

二〇〇一年二月現在

本書は「小説推理」’99年7、9、11月号、’00年1、2、5、6、9、11、12月号および’01年1、2月号に掲載された同名作品に加筆、訂正を加えたものです。

TOKYO
FUTABASHA
BOOKS

餓《が》狼《ろう》伝《でん》XII《じゅうに》

平成十三年三月二十日第一刷発行

著者―夢枕《ゆめまくら》　獏《ばく》

発行者―諸角　裕／発行所―㈱双葉社
〒一六二-八五四〇
東京都新宿区東五軒町三番二八号
電話・東京〇三―五二六一―四八一八（営業）
東京〇三―五二六一―四八四〇（編集）
振替・〇〇一八〇-六-一一七二九九
印刷所　大日本印刷株式会社
製本所　株式会社川島製本所

ISBN4-575-00692-0　C0293